# Wasabi

Alan Pauls

# WASABI

*Tradução*
Maria Paula Gurgel Ribeiro

**ILUMI//URAS**

*Copyright ©:*
Alan Pauls

*Copyright © desta edição:*
Editora Iluminuras Ltda.

*Capa:*
Fê

*Revisão:*
Ana Paula Cardoso e
Maria Zenita Monteiro

*Composição:*
Iluminuras

ISBN: 85-7321-044-3

1996
EDITORA ILUMINURAS LTDA.
Rua Oscar Freire, 1233
01426-001 - São Paulo - SP
Tel.: (011)852-8284
Fax: (011)282-5317

# ÍNDICE

I ........................................................................... 7
II ......................................................................... 35
III ........................................................................ 43
IV ........................................................................ 53
V ......................................................................... 81
VI ...................................................................... 101
VII ..................................................................... 115

# I

Segundo a médica, a homeopatia não possui nada que faça desaparecer o quisto; no máximo, uma pomada para impedir que cresça. De qualquer maneira, diz, não tenho com o que me preocupar; é só um acúmulo insignificante de gordura, sem raiz. Pergunto-lhe o que dizem os olhos. "O normal", responde. "Quer que lhe prescreva a pomada?". Ainda continuo com a sensação de frio no queixo deixada pelo suporte negro em que o apoiei enquanto ela examinava a íris dos meus olhos. Primeiro o direito, depois o esquerdo – com um curto intervalo para que descansasse. "É preciso?", digo. (O quisto não tinha crescido; sua textura, em compensação, tinha começado a sofrer alterações. Antes era suave, um simples carocinho sobre a pele da base da nuca; de uns dias para cá, tornara-se um pouco áspero: a pele parecia ter adquirido uma rugosidade de escama.) "Como você quiser", diz a médica. Por um momento, ficamos em silêncio, como se nenhum dos dois soubesse de quem era a vez de falar. "Quero que desapareça", insisto. "Então terá que passar por uma cirurgia", ela diz, colocando o receituário de cabeça para baixo. "Me operar? Aqui em Saint-Nazaire? Não vim para isso." "Há quanto tempo você vive com este caroço nas costas?" "Não sei", digo. Tento me lembrar. "Dois anos, eu acho." "Quanto tempo vai passar aqui?", me pergunta. "Dois meses." "Se viveu dois anos com isso poderá viver dois anos e dois meses. Se opere em Buenos Aires." "Não entendo", digo: você é homeopata e me aconselha cirurgia? Por causa de um simples quisto cebáceo?" "Você sabe, a homeopatia não faz milagres. E já que a pomada não o convence..." "Não me convence porque não me preocupa o tamanho do quisto e sim sua mudança de textura. A pomada atua sobre a textura do quisto?" "Textura, textura... Com certeza, o fato da roupa roçar nele produziu isso que você chama de *textura* . Eu, no seu lugar, não daria tanta importância a isso", diz a médica, e dando por encerrada a controvérsia, pergunta: "Você tem visto Bouthemy?" "Quase todos os dias", digo. "Como está?" "Não sei, como sempre, suponho: está ficando careca. Ele se trata com você, não?" "Bem, *tratar-se*... Vem me ver de tempos em tempos". "Você lhe deu algo para a queda de cabelo?" A médica sorri e suspira ao mesmo tempo. "Bouthemy não acredita na homeopatia", fala, "acredita na queda de cabelo". Paro um pouco para pensar, mas a única coisa em que penso é que a qualquer momento ela vai se levantar, me acompanhar até a porta e me mandar embora. "Está bem", digo, "me dê essa pomada." A médica desvira o receituário e começa a escrever sobre as folhas duplas, divididas no meio por uma linha vertical pontilhada. Na página da esquerda escreve o nome da pomada; na da direita, as instruções para aplicá-la. "De hora em hora, nos primeiros cinco dias", diz. Mas sua mão esquerda já está escrevendo: uma vez a cada duas horas na semana seguinte. Quatro vezes por dia na terceira semana: uma ao acordar, outra antes de almoçar, outra no meio da tarde, a última antes de se deitar. E duas vezes por dia na quarta semana: uma ao acordar e outra antes de deitar. Me dá a receita: sua caligrafia de canhota parece um tapete constantemente varrido pelo vento. E quando me ponho a ler as primeiras instruções ela termina de recitar as últimas.

Só mais tarde pude fazer uma reconstrução mais ou menos fiel do rosto da médica. Fiz isso pressionado pela curiosidade de Tellas, para consolá-la do absurdo de não ter me acompanhado. Primeiro tínhamos ido comprar a pomada na farmácia do porto. Era a mesma em que tínhamos entrado logo ao chegar a Saint-Nazaire, com o enérgico mas infrutífero propósito de descobrir as drogas legais do lugar. Tellas balbuciava em castelhano nossas pretensões, eu traduzia para o francês, e os olhos da farmacêutica, uma mulher madura cujas longuíssimas unhas não pararam de repicar sobre o balcão de vidro, viajavam da intriga à suspeita com uma única e rápida escala no desconcerto. Apreensiva pela prudência ávida de nossas consultas, lembrou-se apenas de estender sobre o balcão um repertório perfeitamente inócuo de aspirinas, de energizantes à base de ervas, de suplementos nutritivos. Como proselitista da natureza, era irreprovável. Nossa sede, infelizmente, era puramente química. Desta vez, o nome inofensivo da pomada e sobretudo nossa falta de rodeios ao pedi-la (Tellas permaneceu calada, absorta em uma vistosa prateleira de sapatos ortopédicos) dissiparam a careta de horror que deformara seu rosto quando nos viu entrar. Da farmácia fomos ao apartamento, onde Tellas fez a primeira aplicação enquanto exigia de mim um informe pormenorizado da consulta. Já com o quisto untado de pomada, o retrato falado da médica desenhou-se na minha memória. Tinha um olho de cada cor, o que dava ao seu olhar um ar ligeiramente estrábico; uma tênue sombra de buço corria paralela a seu lábio superior; e uma pequena pinta lisa pendia como um aro flutuante sob o lóbulo da sua orelha esquerda.

Como tinha chegado até ela? Recomendação de Bouthemy. Sem dúvida isso explicava a presença da biblioteca no seu consultório, uma elegante vitrine em que a homeopata expunha sua coleção de livros e de pacientes internacionais. Aparentemente, todos os hóspedes da Maison que tinham ficado doentes durante sua estadia tinham passado por suas mãos. Dinamarqueses, italianos, uruguaios... Inclusive o meu contemporâneo, o dramaturgo chinês, que morava na filial vizinha a Saint-Herblain, tinha-lhe pago 650 francos pela bronquite aguda que o manteve prostrado na cama durante quatro dias. No seu caso, a cura tinha sido instantânea (um verdadeiro recorde para a casuística de Hahnemann), tão instantânea quanto as conseqüências espantosas que acarretou. Dois dias depois de começado o tratamento, o doente já estava em pé outra vez, os pulmões milagrosamente rejuvenescidos, vociferando sua via crucis de chinês dissidente pelos microfones dos salões municipais, semeando de vaidade e presunção, os almoços, os jantares, as visitas guiadas. Gabava-se, com efeito, de ter inaugurado praticamente todo o século vinte (Brecht, o teatro da imagem, Beckett...), e inclusive todo o fenômeno estético que qualquer interlocutor imprudente se atrevesse a mencionar antes dele (Diderot, as alegorias medievais, a comédia musical, o sainete...), e proclamava essa arrogância com uma fórmula ritual que encabeçava todas e cada uma de suas intervenções, tanto as acadêmicas quanto as que se lhe apresentavam em sobremesas intranscendentes. A fórmula era: "Eu fui o primeiro na China que...", e sucedia-se uma avalanche de façanhas diversas e intercambiáveis. Mas bastava que algum comensal desprevenido, abrindo passagem por entre o torvelinho dos seus gestos (movia os braços em forma de pás: era um pequeno moinho vestido de negro), se aventurasse a conhecer mais sobre cada uma das suas proezas, para que o maníaco inaugural oferecesse como explicação os detalhes oportunos que as refutavam. (Assim, por exemplo, para ele, chinês pioneiro de Brecht, do teatro da imagem e de Beckett, o teatro era, antes de tudo, identificação pura, texto puro e movimento cênico puro.)

A maioria das doenças que atacavam os visitantes tinha sinais visíveis. De um dia para outro, traídos pelo clima irracional da região, que só cumpria suas promessas de chuva ou de sol, de geadas ou de vergonhoso ar sufocante, quando ninguém as tinha decifrado a tempo para precaver-se dos seus efeitos, os visitantes eram pegos de surpresa por resfriados, tosses, febres fulminantes. As rotinas públicas e culturais se interrompiam, os livros deixavam de ser escritos, o turismo era suspenso. Sendo o principal prejudicado por essas epidemias, que colocavam em sério perigo sua vida social, Bouthemy via crescer o câncer do tédio e arrastava seus hóspedes para o consultório da homeopata. Meu quisto, por sorte, tinha passado despercebido. Isso me permitiu ter uma consulta a sós, longe do amparo da sua benevolência, e evitou que o meu mal se difundisse na mundanidade intermitente que me rodeava. Tinha conseguido arrancar de Bouthemy o nome da médica e seu endereço, mas tinha me dado ao trabalho, prevendo sua ansiedade, de diminuir sua importância,

*Wasabi*

intercalando-a distraidamente em uma lista de dados triviais: as datas de suas viagens, dos meus compromissos na cidade, o telefone da estação de trens, os prefixos necessários para ligar para Paris, para outros países europeus, Estados Unidos e Argentina, os horários do comércio. Talvez nunca tivesse voltado a procurá-los nas minhas anotações se Tellas, na tarde em que lhe pedi que me cortasse o cabelo, não tivesse roçado com as pontas de seus dedos livres nesse suave volume na base direita da nuca.

Transpiro pouco. Nunca tive problemas de insônia. Durmo de lado e de bruços, com os braços debaixo do travesseiro. Gosto igualmente do salgado e do doce, mas recuo diante do amargo. Minhas toalhas não tem cheiro de umidade. Não noto nenhuma diferença entre o ar livre e os ambientes fechados. Não sofro com o calor, minhas mãos e meus pés não suportam o frio.

O bom da homeopatia é que o paciente não pode não levar com ele, aonde quer que vá, seu mal e seu remédio. Quer dizer, essa coleção portátil de caprichos redigidos no mesmo idioma universal em que seu médico, interrogando-o, extraiu-os de você. Esse estojo de primeiros socorros (substituto verbal do estojo farmacológico que outras medicinas aconselham levar em toda viagem) é válido em qualquer parte do mundo e aceita diversas alterações, de acordo com o grau de adesão do doente e da curiosidade do médico. Como nem a médica nem eu demonstramos maior entusiasmo, preferi reduzir minha exposição ao mínimo, de modo que a versão abreviada das minhas respostas não se diferenciasse muito da sua versão completa. Decidi circunscrever a consulta em torno do quisto e enumerei meu catálogo de idiossincrasias encolhendo os ombros.

Omiti, entre muitas outras raridades que teriam deleitado a médica, os "sonhos" que tinha começado a ter desde a minha chegada a Saint-Nazaire. Não sonhava nada em particular. Dormia durante sete minutos, sistematicamente, em qualquer momento do dia. Mais que sonhos, eram curto-circuitos, faíscas de ausência nas quais parecia desembocar uma súbita aceleração da vigília. Não poderia dizer que entrava nem que saía deles; me assaltavam, imprevistos, como colapsos, e quando o efeito do feitiço passava, todas as minhas faculdades retomavam a marcha instantaneamente, do mesmo modo que um aparelho elétrico, ligado antes de um corte de luz, volta a funcionar quando se restabelece a força. Podia, por exemplo, estar consultando a lista telefônica e sucumbir de repente a uma queda, e despertar depois de sete minutos, com os olhos fixos na mesma demorada linha em que estavam detidos antes do desmaio. Uma noite me surpreenderam tomando um banho de imersão, no momento em que, inclinando-me na banheira com dificuldade (Tellas acabava de semear na água uma pequena frota de grãos de óleo), esticava o braço para alcançar o sabonete. Quando abri os olhos outra vez, continuava com o braço esticado, o corpo como que petrificado em uma posição que, acordado, jamais poderia manter por mais de dez segundos.

Não eram sonhos, porque os sonhos, ainda que exilem aquele que dorme ou cavem sob os seus pés abismos profundos, sempre são quantidades determinadas de tempo, suplementos, vidas a mais que a vigília aproveita transformando-as em energia ou em tema de conversa. Em compensação, cada vez que eu caía nesses buracos *perdia* sete minutos de vida. A princípio recuperava os sentidos com uma escandalizada perplexidade, como o viajante que, desviando por um segundo a atenção do jornal que lê no metrô, descobre que já não tem a carteira no bolso. O que o indigna tanto? Não é o dinheiro; é o intervalo de tempo que o ladrão lhe roubou – esse tempo que o assaltado acreditava estar ganhando ao ler por alto os resultados esportivos, as cotações, os horários dos cinemas – e a ferida que o roubo lhe causou; a mesma que sua mão ansiosa apalpa em carne viva quando explora o bolso vazio. É menos uma ferida material do que uma lesão alojada no mais fundo de sua vida. Como ele, eu sabia que parte das minhas perdas era recuperável: a vigília, cedo ou tarde, sempre se restabeleceria. Mas também sabia, assim como ele, que havia outra porção dos despojos que não voltaria jamais e que o seu valor era incomensurável. Mais tarde, uma suave resignação se encarregou de atenuar o escândalo. O horário impreciso dos colapsos me dissuadiu inclusive de adotar qualquer forma de previsão, único instrumento de que um doente dispõe para apaziguar sua impaciência e, pelo menos, disfarçar de regularidade, sua escravidão. Assim, acabei me acostumando a receber a primeira luz do dia com a certeza de que sete minutos do meu futuro (no melhor dos casos), quatorze ou vinte e um (nos mais comuns), já não me pertenceriam. Tellas, num primeiro momento, parece que nem sequer notou a existência desses curto-circuitos. Não era freqüente que estivesse comigo no momento em que aconteciam (o que teria justificado sua desconfiança, não seu desinteresse), mas nem meus relatos alarmados alteravam sua indiferença. Talvez estivesse familiarizada demais com esses lapsos para atribuir-lhes – quando era eu quem os padecia – a causas obscuras. Se eu, protestando, alegava que nunca tinha me acontecido algo parecido, ela se limitava a sorrir e me dava uma serena bênção de expert. (Nem os sete minutos – o formato de suas catatonias oscilava entre os dois segundos e as horas – nem o requisito dos olhos fechados – os seus permaneciam sempre abertos – pareceram-lhe anomalias: no máximo, dizia, lastros da minha condição de novato). Depois, quando finalmente se interessou pelos meus colapsos (acabou considerando-os como uma seqüela artística do fuso horário), optou por encorajar a rendição, inimiga que era de toda noção de resistência. Seu interesse coincidiu com as duas ou três ocasiões em que assistiu ao fenômeno. Tratava então de não me acordar, fiel – como somente sabia ser às superstições que animavam sua vida – à lenda que proíbe acordar um sonâmbulo no meio do transe. Me deixava dormir, inclusive quando o sono sobrevinha em circunstâncias incômodas ou perigosas e, vigiando o tempo no seu relógio, ia ao quarto ao lado fazer outra coisa qualquer. Tinha sete minutos para ver televisão, escovar os dentes, falar pelo telefone, experimentar o equipamento de *sumi-é* que tinha comprado em Paris, fumar um cigarro ou colocar o quarto em ordem. Cumprido o prazo, voltava ao meu lado, às vezes com sinais de pasta de dente no canto dos lábios ou com os dedos manchados de nanquim, de modo que os meus olhos, que ao se fecharem tinham tomado seu rosto como refém, encontravam-na ali quando se abriam de novo. O cúmulo do seu regozijo era tratar de adotar, no instante em que eu voltava a mim, a expressão e a posição em que meu último alento de lucidez a tinha retratado uma fração de segundo antes de cair no "sono"; como se restaurar essa continuidade perfeita entre os dois momentos de seu rosto permitisse a mim, o usurpado, ao abrir os olhos novamente, esquecer o salto que tinha entrecortado o passar do tempo. Conseguiu mais de uma vez. Minha amnésia, então, era o prêmio secreto do seu trabalho, o troféu que a fazia sorrir de orgulho enquanto me contemplava continuar mexendo uma xícara de café, completar a frase que o colapso deixara inconclusa, terminar de discar um número de telefone sem me confundir, dar o passo que tinha começado a dar sete minutos antes. Houve dias, excepcionais, é claro, mas que por isso mesmo duplamente enigmáticos, em que uma estranha surpresa acompanhava a chegada da noite e me ensimesmava. Seria possível que tinha passado todo um dia sem sofrer um ataque? Sentado na sacada quando o clima permitia, ou recostado no sofá da sala quando, lá fora, as sombras do temporal começavam a tingir o ar calmo do porto, eu passava o dia em revista e buscava em vão os sinais que os desvanecimentos costumavam deixar gravados na minha memória. Nada: o dia aparecia para mim como uma continuidade sem sobressaltos. Exaltado, recorria então a Tellas para confirmar minhas impressões, em parte pela possibilidade de que esse dia diáfano fosse a primeira evidência do meu restabelecimento e em parte, temeroso de ter sido vítima de uma ilusão e de que o mal, longe de ter desaparecido, já fosse tão inerente à minha percepção do tempo que os seus sintomas, a partir desse momento, começaram a passar inadvertidos. Depois de uma pequena vacilação, Tellas me dizia sempre a verdade, inclusive quando, para confessá-la, se obrigava a delatar essas sutis manobras de dissimulação com as quais tinha conseguido fazer com que os ataques do dia não deixassem quaisquer vestígios em mim. Outra pessoa, sem dúvida, teria aproveitado o privilégio, o poder terrível que a sua condição de única testemunha da minha doença lhe conferia, única ainda que intermitente. Ela, ao contrário, preferia não alimentar falsas esperanças. Nem tinha motivos para fazê-lo, uma vez que se negava a tratar essas defecções da vigília como um mal e, se aceitava satisfazer minha curiosidade era simplesmente porque o fenômeno, além de resultar um passatempo divertido, começou a inspirar-lhe certos pensamentos. Que fazer, me dizia, com esses sete minutos perdidos? Se era verdade que me faltavam, deveria me considerar mais jovem ou mais velho? Se não eram sonhos nem um descanso, porque pensar em deduzir essa parcela de tempo da minha vida e não, colocá-la de lado como uma espécie de alforria, como a reserva que, acumulada nessa dimensão na qual naufragava ao desvanecer, alguma vez reapareceria na forma de uma prorrogação?

Assim, com a inconstância que lhe impunha ao responder essas perguntas sempre de um jeito diferente, Tellas adiantava e atrasava relógios, tratava minhas necessidades como exigências de um ancião e como caprichos de adolescente, chegava aos nossos encontros muito tarde ou muito cedo. Um dia, eu é que sobreviveria a ela; ela, no dia seguinte, a que se encarregaria dos meus restos; da noite à manhã, eu passava para ela da invalidez ao prodígio, e o que antes tinha sido uma insuficiência agora se convertia numa capacidade sobrenatural. Assim até essa tarde em que, sentado na poltrona, vi pela primeira vez um par de sobrancelhas quase juntas, duas fileiras de dentes brancos e perfeitos, uma leve desproporção entre as narinas; os contornos irregulares desses detalhes encaixaram-se com rara perfeição nos espaços vazios do rosto da homeopata, e apaguei. Sete minutos mais tarde, quando o mundo voltou a ser visível, Tellas estava em pé atrás de mim. Tinha acabado de tomar banho, a cabeça envolta numa toalha. Do banheiro até a sala, um rastro brilhante de gotas ziguezagueava atrás dos seus calcanhares. Inclinando-se apenas, de modo que o turbante não se desfizesse, beijou-me um ombro suavemente, depois a nuca. Virei a cabeça como que para olhá-la. Então uma idéia me fez estremecer. Não pensei; a *vi*, nítida como uma rachadura, matar Klossowski. Tellas continuou me beijando; seus lábios viajaram até o quisto lambuzado de pomada. Deteve-se um segundo, cheirou a área com uma curiosidade canina e por fim a beijou. "Que gosto diferente", disse, apertando os lábios entre si como se espalhasse batom. "Quer experimentar? Parece um pouco com o wasabi", disse, e deslizando pelo encosto da poltrona inclinou-se ao meu lado. Nos beijamos.

Saíamos do Building perto das cinco, retomávamos a avenida na direção da Mairie e dobrávamos na altura da rotatória. Cruzávamos em diagonal um enorme terreno povoado de árvores esquálidas (um estacionamento de terra esbranquiçada, sempre

*Wasabi*

deserto) e chegávamos na avenue de la Republic pelas ruas interiores. Vagávamos entediados pelas galerias do calçadão, essa enorme baleia de lojas encalhada no centro da cidade que Bouthemy chamava de *le bateau*. Depois combinávamos um prazo (meia hora, em geral), algum ponto intermediário para nos encontrarmos, e nossos caminhos se bifurcavam: Tellas ia dar uma volta pelas boutiques enquanto eu dava uma olhada na livraria. Fixávamos esse acordo, na realidade, sabendo que não o cumpriríamos. Eu costumava me cansar das minhas explorações muito antes que Tellas das suas, de modo que meia hora mais tarde me punha a desfilar em frente das vitrines, procurando-a. Assim que desgrudava os olhos dos sapatos que estava experimentando e erguia-os, pensativa, até a rua, e descobria minha cara aparecendo entre os manequins semivestidos, Tellas parecia então se lembrar das cláusulas do nosso pacto e chegava mancando até a porta (um pé descalço, o outro com um sapato que não compraria), e me recebia com o alívio de quem vê, finalmente, aparecer um messias do qual nunca precisou. Dali, íamos à Pinkies, nossa loja favorita. Parecia um *grand magasin* em miniatura: tinha roupa de todas as marcas, os preços não eram exorbitantes e as vendedoras tinham esse estilo desinteressado que Tellas necessitava para, em paz, desenvolver sua maratona de experimentar roupas. O passo seguinte era o bar da avenue de la Republic, onde parávamos para comprar revistas e tomar café, ensurdecidos pelos fliperamas, as máquinas de música e as conversas dos fregueses que bebiam *pastis* no balcão. Voltávamos ao Building pelo mesmo caminho da ida. A última escala, talvez a mais prazerosa e a que freqüentemente não chegávamos a cumprir, tão mal calculávamos o tempo que deveriam nos custar as anteriores, era o supermercado. Ficava a cinco quadras do Building, e mais de uma vez as percorremos fazendo soar sobre o piso as rodas arqueadas de um carrinho lotado de provisões.

Foi Bouthemy, um ano antes, durante a minha primeira estadia em Saint-Nazaire, em um dos fugazes parênteses de ócio que nos concedeu um congresso de literatura rio-platense, quem me sugeriu que Pierre Klossowski fizesse a capa para a tradução do meu romance. Íamos apertados no banco traseiro do carro, um tanto bêbados, do Hotel de La Plage ao Casino de La Baule, ou ao contrário. Bouthemy, para quem o ar fresco era sempre uma represália contra seu hábito de fumante, aceitou baixar o vidro com má vontade, de modo que para evitar as rajadas de frio que o despenteavam não encontrou melhor antídoto do que se voltar para mim e me propor uma pintura de Klossowski para ilustrar a capa. Olhei para ele sorrindo. O horário inoportuno, a inoportunidade, o desgosto com que tinha cedido, quase quebrando a maçaneta, ao protesto dos demais passageiros, tudo me assegurava que se tratava de uma brincadeira ou que estava se vingando de mim. "Já quase não escreve, sabe?", me disse baixinho, e seus pequenos olhos brilharam como se me confiasse um segredo atroz. "Agora só pinta." A imprensa costumava divulgar as novidades de Bouthemy com uma maliciosa antecedência. Há dois ou três anos eu li uma grande reportagem em que Klossowski, fotografado entre bastidores gigantescos, olhando a câmera com um rabo de olho desdenhoso, proclamava seu cansaço da literatura e revelava o remédio a que dedicaria seus últimos anos de vida: pintar. O franzido vicioso dos lábios estava intacto. Lembro que fiquei melancólico e que pensei: já não leremos nada novo de Klossowski. "Ainda bem", me disse então, aliviado, um amigo escritor que costumava reler as dez primeiras páginas de *Le Baphomet* para comprovar como era *impossível* escrever. Mas em seguida toda melancolia desapareceu, e uma radiante comprovação veio substituí-la: a obra literária de Klossowski não tivera sempre para mim o brilho de uma exceção, seu caráter frágil, solitário e perecível? Não era tanto uma exceção com respeito à literatura em geral, nem à literatura francesa, nem sequer à que tinham exercido seus contemporâneos ou inclusive seu círculo íntimo. Era uma exceção para ele mesmo. Em certo sentido, que tivesse escrito me parecia um desses acidentes prodigiosos que o mundo (ou um estado singularíssimo do mundo) só proporciona uma vez a cada mil anos, e que por essa mesma razão, porque poderiam perfeitamente não se produzir, encarnam o conceito mesmo do dispensável. Se ser Klossowski era suficiente, que falta fazia acrescentar uma obra?

Bouthemy, no entanto, falou a sério. "Tenho amigos em Paris que podem contatá-lo", me disse, e adotou o tom de um espião para me convencer de que acreditava não só na sua proposta como também na possibilidade de levá-la a cabo. Não me convenceu, é claro, e talvez por isso aceitei. Apesar de que os quadros de Klossowski nunca tivessem me encantado como sua prosa. Intercalados em seus livros despertavam um efeito *naïf* que me atraía, o mesmo efeito de ligeiro desajuste que exerciam sobre mim as ilustrações de Tenniel perdidas entre as páginas de *Alice no país das maravilhas*: um dos dois (o escritor, o ilustrador) estava pensando em outra coisa, ou então um certo mal-entendido essencial (uma disparidade de velocidades, por exemplo) sustentava equivocadamente essa associação artística. Mas quem era o retardatário e quem o que se adiantava? Era impossível precisá-lo. Com esse orgulho depreciativo com que uma arte, às vezes, zomba de outra, sós, como os via nessa entrevista que Klossowski usou para se despedir da literatura, os quadros empalideceram, as cenas tornaram-se lânguidas em uma suave nostalgia de movimento. Se sobreviviam, se dias depois de contemplá-los nas páginas da revista tive que voltar a examiná-los, convocado por uma misteriosa insistência, foi mais porque neste lapso de desinteresse descobri que não eram quadros e sim véus. Além deles, de suas delicadas superfícies, tinha outra coisa que os espreitava. Como era de se prever, tudo deu em nada. Klossowski desapareceu, os agentes de Bouthemy em Paris fracassaram. "Já quase não sai de casa", Bouthemy me disse depois, como se com essa confidência quisesse justificar os salários que tinha investido na imperícia dos seus amigos.

Consumíamos pastilhas, cápsulas gelatinosas, tabletes efervescentes, curiosas bulas que Tellas receitava segundo as prescrições do *Homoepathic medecine* (Londres, Thorsons, 1982) que tinha trazido de Buenos Aires, e que depois me instigava a encomendar nas farmácias de Saint-Nazaire. (Uma prudência toxicológica tinha distribuído nossos *raids* pelas diversas cruzes de neon verde que piscavam pela cidade.) Tudo era em vão. Inesperadamente, a pomada prescrita pela médica interrompeu esse penoso frenesi de decepções. Não parecia exercer nenhuma influência benéfica sobre o quisto, que seguia adiante com seu trabalho silencioso e já tinha poucas afinidades com uma alteração da carne. Ao ritmo de um endurecimento contínuo, sua textura tinha esquecido gradualmente a suavidade da pele e fleitado um pouco com a aspereza da escama. Agora, finalmente, parecia ter embarcado em um sólido destino de calo. Ou a pomada era ineficaz, ou sua eficácia tinha o inconfundível estilo trotskista da exasperação do mal, estilo em que nada faz virar tanto os olhos dos homeopatas como quando aqueles que o padecem ligam para pedir ajuda no meio de uma noite de agonia.

Consumida por via oral (um uso que a decência do manual do doutor Trevor Smith se abstinha de consignar), a pomada, no entanto, nos proporcionou uma surpresa extraordinária. Seu sabor, como o do wasabi, a mostarda japonesa, durava pouquíssimo na boca. Assim que entrava em contato com a língua, um súbito crepitar parecia convertê-la em ar, em uma espécie de inspiração ardente que atravessava o paladar e contaminava as narinas. Era como um gás. Tellas começava aplicando-a com cuidado sobre o quisto. Derramava uma pequena dose na ponta de um dedo e me dava para provar, e depois ela aplicava-se a sua. Passados os primeiros minutos, desaparecido o efeito anestésico que a rajada produzia no nariz, uma compulsão voraz se apoderava de nós. Nos transformávamos em carne, carne reduzida a um estado de máxima pureza, pura carne crua. É provável que esse abandono fosse sexual, ainda que nunca tivéssemos a impressão de que nossos corpos o protagonizasse, nem sequer nossos órgãos. Era sexual, talvez, pela sua duração extravagante, pela inércia prodigiosa a que nos submetia, e porque ao término de cada transe podíamos reconhecer os vestígios que certas secreções tinham deixado sobre nós. Recuperávamos o sentido com uma lentidão exasperante, quase atmosférica, e a carne voltava a ser a matéria de que o corpo era feito. Recuperava a forma aos poucos, como esses bonecos infláveis, cujos membros só começam a ser reconhecidos quando se enchem de ar. Um braço, o sexo, os dedos de uma mão, os pulmões... Assistíamos a este prodígio anatômico ainda aturdidos pela ressaca da pomada, e o último degrau do processo era sempre a língua, o órgão mais tardio. Ao ingeri-la, a pomada apenas a roçava o tempo suficiente para produzir sua faísca e emigrar até o nariz como uma flecha gasosa. Depois, desvanecido o efeito narcótico, um ardor insidioso nos obrigava a permanecer com a boca aberta e a postergar o momento de dizer as primeiras palavras. Então comprovávamos que a faísca não tinha deixado a língua intacta: aí onde se tinha depositado a dose crescia, brilhante, uma pequena meia-lua de bolhas amarelas.

Christophe, o dono do Skipper, me fazia sinais através da vidraça do restaurante. Já estávamos no meio da manhã; ainda não tinham acendido as lâmpadas, débeis colunas de sol espreguiçavam-se sobre as mesas, e dois pescadores bebiam perto do balcão, um longe do outro, como inimigos. Eu voltava feliz da farmácia, aonde fui para repor nossa provisão de pasta de dente. A farmacêutica (um sexto sentido parecia anunciar-lhe que Tellas, ou eu, ou os dois juntos nos aproximávamos, o que lhe dava certa margem de tempo para se preparar) me recebeu com sua melhor cara de desafio. O pedido, no entanto, voltou a desconcertá-la. "Pasta de dente?", repetiu, enquanto suas sobrancelhas se entrecruzavam em uma ruga aflita. Tinha o ar perplexo do empregado que acaba de mudar de ramo e ainda não o sabe, e atende a cada pedido como se o cliente tivesse entrado na loja errada. Foi tão convincente que tive que dar uma olhada ao meu redor, reconhecer as embalagens de remédios nas estantes, os cartazes de emagrecedores naturais, as escovas de dentes que pendiam de seus estojos plásticos, antes de repetir o pedido. A farmacêutica ruborizou-se, soltou um "ah" que soou como um soluço e despejou sobre o balcão o folheto de uma sofisticada família de pastas de dentes. Escolhi uma ao acaso, antecipando-me às epígrafes explicativas que ela estava a ponto de acrescentar às reproduções do folheto. Paguei; sua voz (um trabalhoso exercício de amabilidade) me deteve quando me dirigia até a porta. "Acabam de chegar", me disse, fazendo estalar entre dois dedos uma cartela com meia dúzia de pastilhinhas azuis: "Não quer ser o primeiro a provar?". Como eu demorava a reagir, Christophe escapuliu por trás do balcão. Quando reapareceu, interpondo-se na linha de hostilidade que separava os pescadores, tinha na mão algo branco e quase quadrado, um livro, e o agitava no ar com um sorriso orgulhoso. Entrei. Era um exemplar da tradução do meu romance. Talvez fosse o primeiro, porque até então eu não tinha visto nenhum; nem sequer sabia a data em que apareceria. A edição era impecável. Para a finíssima cursiva da capa, Bouthemy tinha escolhido duas cores, azul e amarelo, em homenagem ao Boca Juniors. Havia contraído esse fanatismo durante uma de suas estadias em Buenos Aires, a primeira, quando, depois de se perder no labirinto de La Boca, descobriu-se em êxtase aos pés do estádio, essa caixa de bombons empinada e redonda que alguém desenhou, ao mesmo tempo, para celebrar os triunfos locais e os funerais dos visitantes, aos quais costuma esmagar com sua acústica aterradora. A brilhante carreira européia de Garmaz, um ex-jogador do clube, terminou de consolidar sua estranha afeição. Bouthemy me propusera essas duas cores para a capa como quem compartilha um segredo e sela um pacto privado. Mas minha adesão ao Boca Juniors já não era o que havia sido durante a minha adolescência; comparada com a de Bouthemy, que eu fui descobrindo, erudita e fervorosa, ao longo da nossa relação, me parecia quase como uma frívola arrogância de aristocrata. Nesse sentido, Bouthemy consumava a perfeição do populismo. (*"C'est le port"*, dizia, impostando um tom fatal, quando lhe perguntava como aprendera essa arte tão argentina.) Das duas listas telefônicas que éramos ao conversar (duas listas pedantes, ciumentas de seus próprios assinantes e intransigentes com os alheios), a sua era sempre mais ampla que a minha, e suas combinações muito mais heterogêneas. Misturava Tchekhov com Maradona, Menotti com Claude Simon, Marina Tsvetaieva com Olarticoechea, e sua inteligência, que era límpida e agressiva quando dissecava literaturas, tornava-se inesperadamente lírica na hora de abordar mistérios futebolísticos.

Mais uma vez, Bouthemy tinha acertado. Enquanto Christophe, esgrimindo o livro diante dos meus olhos, me pedia que fizesse uma dedicatória para ele, eu tratava de colocar em foco os filamentos inclinados da capa, meu nome em azul em cima, embaixo o título em amarelo, e não podia deixar de pensar em Bouthemy como uma espécie de paródia de arqueiro zen. Sempre acertava o alvo, mas até cravar no centro sua flecha percorria todos os caminhos laterais que normalmente a teriam extraviado. Era um método desconcertante mas eficaz; Bouthemy fazia impacto na verdade mediante uma atropelada acumulação de veleidades, e nunca se divertia tanto como quando algum interlocutor, invocando certa sensatez, reprovava o despotismo desses caprichos. Sorria; continuava discutindo só pelo prazer de prorrogar um desenlace inevitável. Quando seu interlocutor, ao fim de horas de rebelião inútil, acabava depondo as armas e lhe dava razão, Bouthemy se limitava a acrescentar um displicente "*Voilà*", se deitava no encosto da cadeira e incumbia Christophe de outra rodada de vodca.

Ao meio-dia almoçamos todos no Skipper. "Por

que eu não tenho um exemplar do meu livro?", perguntei a ele. "Por que você teria que ter um?", ele me perguntou. Tellas e Dominique, sua mulher, conversavam numa quase língua de balbucios e gestos; a pequena Marina Bouthemy desenhava paisagens nos guardanapos de papel, e só levantava seus olhos vigilantes quando alguma lufada da conversa o merecia. Duas horas mais tarde tínhamos ficado sozinhos. Bouthemy era um especialista em promover deserções: simplesmente deixava que as coisas durassem, confiante em que, cedo ou tarde, sobreviveria à decantação que tiraria os obstáculos do seu caminho. Então voltei à carga. Queria livros, livros! "Vamos ao depósito", me respondeu enquanto se levantava, fazendo sua cadeira recuar com estrépito.

Atravessamos o porto sob a luz opaca da tarde. Tudo estava deserto, mas nós parecíamos abrir caminho no meio de uma multidão, ziguezagueando um diante do outro e esbarrando um no outro. Bouthemy, acredito, falava mal de Manuel Puig e bem de Ivy Compton-Burnett. Gostava de representar essa cena na minha presença umas duas ou três vezes por dia, principalmente depois que decidiu publicar o meu ensaio sobre *A traição de Rita Hayworth*. Logo chegamos a uma zona de grandes galpões. Quem seguia quem nesse vagabundear de mendigos? Eu tinha a impressão, em alguns momentos, de que o famoso depósito era outra das suas ficções de sobremesa; caminhávamos por ali só para que a conversa mudasse de ares, arrastados por mera crueldade verbal, e três horas mais tarde, quando Puig tivesse reconhecido por fim a paternidade de Ivy Compton-Burnett e renunciado a todos os seus direitos, continuaríamos perdendo tempo entre os hangares de cimento. Minha única esperança eram os súbitos contratempos com os quais Bouthemy, citando Tati e suas incertezas motoras, entorpecia regularmente seu passo. Em determinado momento dava uma espécie de passo em falso, se detinha e mudava de direção, e esse movimento brusco repercutia na conversa como se dissesse uma palavra por outra. Assim chegamos ao depósito. Não havia ninguém, ou pelo menos ninguém apareceu quando Bouthemy empurrou a gigantesca porta de metal e entramos. Fomos até o fundo do galpão, onde se empilhavam caixas de madeira. Sem parar de falar, Bouthemy levantou do chão uma barra de ferro, calçou-a entre as ripas e as fez arrebentar de uma só vez. Os livros estavam ali, envoltos em sacos plásticos. "Aí está", me disse, deixando cair a barra de ferro no chão e afastando-se um pouco para tomar ar e acender um cigarro. Então, olhando-o, reconheci o que sempre vira nele mas que nunca pudera definir, alguma coisa que não era possível localizar em lugar algum e que no entanto não deixava de destilar, incessante e silencioso como um pressentimento: seu ar de impostor. Agia como aquele que usurpa uma identidade alheia; não vacilava, mas seus movimentos levavam impressa a demora de um eco, como se os executasse seguindo a linha de pontos invisíveis que o usurpado tinha deixado antes de desaparecer. Talvez não se chamasse Bouthemy nem fosse editor. Talvez, enquanto ele se deixava cair sobre uma caixa de madeira e fumava seu cigarro, me olhando com o paternalismo com que os editores minimizam os desejos dos seus autores uma vez que aceitam satisfazê-los, outro homem, o verdadeiro Bouthemy, lutava perto dali com a sua mordaça, em um úmido porão de porto que o seu seqüestrador só visitava para levar-lhe comida e obrigá-lo a colocar sua assinatura em um talão de cheques. De que outro modo explicar a impossibilidade de estar com Bouthemy sem se sentir seu cúmplice, sem se ver comprometido em um crime que ele jamais irá confessar mas que seus gestos de segunda mão delatam, um crime do qual culparão a nós dois assim que alguém descobrir? Um dia, pensei, enquanto desgrudava o saco plástico e resgatava um exemplar do meu livro, um dia baterão na porta do apartamento e me dirão: está detido pelo crime de seqüestro, de falsificação, de perturbação da ordem pública. E nesse dia saberei, retrospectivamente, de que ignoradas conspirações participei, em um hotel do centro de Buenos Aires ou em uma *crêperie* do Petit Maroc, a bordo do seu Renault por uma estrada da costa ou em uma sorveteria da Carlos Pellegrini e Viamonte, cada vez que nos encontrávamos. "Você sabe bem o que eu penso do seu livro", cheguei a ouvir que me dizia enquanto eu folheava o exemplar, como se no ritual mecânico e ensimesmado de ver desfilar as páginas Bouthemy, misteriosamente, encontrasse um pedido de opinião. Quando acordei, sete minutos mais tarde, essa amostra de pensamento mágico era a última coisa da qual me lembrava. Bouthemy não tinha se mexido; uma longa lagarta de cinza tremia na ponta do seu cigarro. "Te conto porque faz parte do nosso contrato", me disse, e a cinza estourou em uma explosão muda sobre seu joelho esquerdo, "e não me interessa qualquer outro tipo de contrato entre nós".

## II

Essa tarde, na Pinkies, Tellas tinha decidido resolver de uma vez por todas o problema dos *fuseaux*. De pé em frente ao espelho do fundo, de calcinha (alguns rasgos de pudor pendurados na camisa que vestia), examinava duas calças com expressão indecisa, alisando-os de vez em quando sobre as pernas. Uma tinha uma estampa escocesa; a outra era lisa, de um cinza quase metálico. A alternativa com que se debatia, e que prolongava de um modo pouco usual o prólogo das provas, era se essa moda sobreviveria à viagem de volta a Buenos Aires. Tinha a teoria de que as dez, doze ou quatorze horas de suspensão aérea geravam algo mais que dores de cabeça, insônias, alterações metabólicas ou narcolepsias de sete minutos. Produziam um vazio, uma imensa espiral que sugava todos os tipos de objetos e experiências e os submetia a deformações insuspeitáveis. Tal como ela me descrevia o fenômeno, inquieta e maravilhada ao mesmo tempo, eu me imaginava um avatar inteligente do Triângulo das Bermudas, uma espécie de corte localizado não no espaço e sim no tempo, de onde uma combinação cósmica de dentaduras e sucos gástricos moía e digeria sem piedade tudo o que aparecia. Às vezes o regurgitava, mas tão modificado que era irreconhecível; outras vezes, a maioria, engolia-o para sempre. De todas as presas possíveis a moda era, provavelmente, uma das guloseimas prediletas desse banquete.

Houve um entreato de consultas infrutíferas. Tellas me olhou por cima do ombro (as pálpebras semifechadas eram o sinal combinado), de modo que estudei por uns segundos as calças no espelho. Disse alguma coisa sobre as cores do estampado escocês, alguma coisa sobre os brilhos que relampejavam no tecido cinza do outro. "Sim, sim", atropelou Tellas, agradecendo e descartando meus comentários com a impaciência cortês de quem já os previa e decidiu deixá-los de lado por serem irrelevantes, "mas: sobreviverão ou não?". Eu estava muito ocupado em me acostumar ao fato de que essas calças eram a moda para pensar em que condições deixariam de ser. Tellas saudou a minha incompetência com um piscar de olhos, suspirou e se fechou no provador com os dois *fuseaux*. Dei uma volta pela loja. Me distraí vendo desfilar, através das vitrines, as pessoas que passavam pelo calçadão em rajadas intermitentes, mornas com os últimos raios de sol. Lá dentro, uma mulher mais velha tentava embutir seus quadris em uma saia apertada demais enquanto pedia a sua filha, uma menina de pele manchada e olhos aterrorizados, que desse sua opinião e lhe dissesse a verdade. Como uma sonâmbula, saindo da modorra só para consultar no seu relógio os minutos de cativeiro que lhe restavam, uma vendedora ia recolhendo as sobras de roupa que as clientes deixavam sobre os mostradores. Passei a olhar as camisetas, afastando os cabides com os dedos como se fossem lombadas de livros, até dar com uma que me interessou. Era, como tudo, de mulher, tinha um decote muito baixo e grande que chegava quase até os ombros. Talvez servisse em mim para dormir. Me enfiei no provador próximo ao de Tellas, que acabava de sair com o *fuseaux* cinza vestido e girava uma e outra vez, na ponta dos pés, em frente ao espelho. Antes que eu pudesse fechar a porta, olhou a camiseta que eu tinha entre as mãos, esqueceu na hora que a tinha visto e me perguntou o que eu achava. "Não sei", disse, "experimento e te digo". "As calças", corrigiu. "Gosto", disse. "Eu também", ela disse, "mas não vão sobreviver", e voltou a se fechar no seu provador. Escutei-a resmungar, em um dos seus típicos solilóquos de protesto, como tinha chegado a uma conclusão tão categórica, enquanto o calor e a claustrofobia me obrigavam a me despir e colocar a camiseta num tempo recorde. Saí e me olhei no espelho. Parecia um bailarino maduro com sua roupa de ensaio. Era terrível. Ia me esconder no provador quando descobri, congelada no espelho, a menina de olhos aterrorizados. Desenhou-se no canto do meu retrato de bailarino como um demônio sinistro; o espanto que agora dilatava seus olhos convertia o anterior num ensaio de comédia. Não olhava para mim; olhava um ponto das minhas costas que a petrificava. A sacola que tinha nas mãos caiu no chão com um estrépido de cristais. Virei a cabeça sobre o meu ombro direito: como uma camisola cirúrgica, o decote da camiseta recortava a região onde tinha crescido o quisto. Não foi fácil para mim reconhecê-lo. Era uma saliência óssea, como uma lâmina irregular de um desses punhais feitos de um osso talhado. Talvez fosse a espada que um verdugo tinha deslizado no meu corpo aproveitando a inocência de um sonho. De tão tensa, a pele que a recobria parecia a ponto de se soltar. Toquei-a com a ponta dos dedos, tinha medo de me cortar. O roçar com a pele desencadeou um calafrio fugidio.

Bouthemy tinha ido embora de Saint-Nazaire. Minhas fantasias de escritor órfão colocavam-no na fronteira italiana, discutindo com um oficial de migrações que razoavelmente desconfiava da foto do seu passaporte; passeando por Trieste com Claudio Magris, a quem tentava convencer de alguma coisa com argumentos que ele mesmo ia descartando; ou com a barba esbranquiçada pela neve, envolvido no recrutamento de uma delegação de escritores estonianos. Meu livro descansava na biblioteca da sala, perto da coleção de folhetos turísticos da região, e eu acabava de esgotar em vão a pesquisa de lapsos de tradução e de erratas. Não tinha compromissos literários em vista. O único que subsistia, e que eu violava sistematicamente todas as tardes, era o compromissso de escrever. Sentado diante da escrivaninha, fazia uma muralha de cadernos e papéis em volta da máquina, crente que essa pressão material contribuiria para arrancar-lhe as palavras que a minha imaginação resistia em ditar-lhe. A única virtude desse cerco era, desgraçadamente, decorativa. Tellas entrava depois de bater, contemplava as coisas em volta da máquina e ia novamente em silêncio, se era possível chamar silêncio a essa careta de ceticismo que eu me empenhava em confundir com um beijo à distância. A máquina, uma Olympia francesa, não facilitava as coisas. Assim que me punha a escrever, encorajado por um primeiro clarão que fazia tremer o páramo da espera, meus dedos se trançavam numa batalha desigual com as artimanhas do teclado. Perdiam, como era de se prever, surpreendidos por acentos indesejados ou pela ordem traiçoeira dos caracteres, e o pior era que esse duelo consumia o tempo e a força que a duras penas eu tinha armazenado para escrever. É claro que cada tropeço (o sinal que aparecia sempre no lugar do "ene", os "o" e os "i" fatalmente sem acento, as maliciosas transposições da tipografia) me oferecia ao mesmo tempo uma inesperada fatia de literatura precoce. Outro escritor, menos propenso que eu a se escandalizar com esses acidentes, teria comemorado e sabido explorar esses rebentos de inspiração contrafeita. Não sei quantas histórias, quantos livros ou idéias de livros perdi assim, atarefado em dirimir a querela entre meus dedos e o teclado da máquina, deixando-os agonizar e morrer, por fim, nessas armadilhas datilográficas que eram como suas urnas funerárias.

Tellas, por sua vez, começava a se impacientar. Já conhecia de cor tudo o que queria conhecer, o resto se evaporava em um torpor de indiferença. Seu rosto inteiro se relaxava; olhava as coisas pelas frestas dos seus olhos entreabertos, e de vez em quando uma pálpebra ameaçava se fechar como uma persiana vacilante. Seus arroubos de impaciência sobressaltavam essa membrana adormecida quase involuntariamente, um pouco como os movimentos bruscos que uma pessoa dormindo executa sem se dar conta durante o sono. O cinema poderia ter combatido essa preguiça, mas já nem sequer o levávamos em conta. Tínhamos ido uma só vez, uma só vez, que foi suficiente, encorajados por uma tríplice tentação: o tédio, o título do filme, que afirmava a possibilidade de morrer duas vezes, e os comentários da imprensa, que descobriam alvoroçados certo parentesco sanguíneo entre seu diretor inglês e Orson Wells. Saímos envelhecidos pela decepção. Duas mortes não valiam mais a pena que uma; tínhamos visto o legado de Wells dilapidar-se em cenários de melodrama e artifícios estudantis; e a única coisa que saiu fortalecida da prova foi o tédio. O filme, ainda por cima, estava dublado em francês, essa língua na qual todo vestígio shakespeareano naufraga sem solução, e Tellas não estava com ânimo para colocar em cheque sua francofonia rudimentar.

Expus a ela meu plano. Desceríamos em Paris (falávamos sempre em "descer" em Paris, como se Saint-Nazaire fosse uma cidadezinha medieval que se apoiasse em cima de uma colina), visitaríamos amigos, veríamos filmes americanos no seu idioma original, faríamos nosso pequeno passeio pelos museus, e eu aproveitaria para tentar conseguir uma entrevista com Klossowski. (Suspeitava que a idéia de ser entrevistado por um escritor argentino pareceria a ele suficientemente exótica para não recusá-la; uma vez na sua casa, depois do café e de vagas preliminares jornalísticas, quando Klossowski se levantasse para me mostrar uma de suas últimas telas, o mataria pelas costas). Tellas aceitou imediatamente.

# III

Tinha começado a andar encurvado. Não sentia nenhuma dor, nem sequer os incômodos benévolos do crescimento, mas lentamente minha cabeça ia se dobrando sob o peso dessa espada óssea, como se temesse que qualquer roçar casual ferisse o lado direito do pescoço. Ia pela rua cabisbaixo, com o pescoço esticado como uma tartaruga. À noite, quando me abandonava ao cansaço, encaixava um travesseiro no espaço aberto entre a nuca e o esporão e o sono me invadia como um vapor esquecidiço. "Meu cabide, meu querido cabide", me dizia Tellas ao se despir, franzindo a boca e pendurando um sutiã no esporão. Quando fez a mesma coisa com um chapéu na frente de um de seus amigos, um pintor entrincheirado em seu ateliê no subúrbio, Tellas teve um ataque de riso e engasgou com as amêndoas que nosso anfitrião acabava de nos servir. O chapéu oscilava como um pêndulo sobre as minhas costas, sustentado apenas por esse gancho que crescia, imperceptivelmente, a cada segundo. Por sorte o pintor também não passava desapercebido: seus olhos se emancipavam um do outro em digressões estrábicas, e as duas últimas falanges dos seus dedos (o polegar e o indicador, principalmente) exibiam uma curiosa inflamação, como se parte de sua técnica de pintor consistisse em flagelá-los a marteladas. Tinha um charme irresistível. Mais de uma década de residência na Europa imprimiram em sua voz esses titubeios reflexivos que enchem de orgulho a cortesia francesa. Dava um tempo antes de afirmar alguma coisa, mas uma vez que o fazia era difícil, quase uma insolência, atrever-se a contrariá-lo. Há anos que não se viam, de modo que a conversa tendia a desviar para exclamações de reconhecimento e assombros sorridentes. Dois pudores, um em cada extremo mas solidários, demarcavam esse milagroso reencontro. O primeiro lhes impedia de falar do que lhes tinha acontecido durante esse intervalo (sem dúvida pensavam que tudo estava à mostra, e que se depois de tanto tempo subsistia alguma coisa parecida com amizade, uma confiança recíproca que os anos não haviam destruído, ambos saberiam descobrir essas camadas de vida desconhecida sem que o outro se visse obrigado a declará-las). O segundo os dissuadia de reviver a última porção de passado que haviam compartilhado. Quase sem se aperceberem, delegando a mim as perguntas que lhes parecia indecoroso fazer, os dois me usaram para evitar com discrição os momentos em que a curiosidade enfraquecia a confiança. Nas primeiras vezes cumpri esse papel com estusiasmo. Graças a mim, que fui arrebatando-lhes da boca as inquietudes que não se animavam a confessar, Tellas e o pintor não demoraram a chegar à terra firme: a legendária viagem a Missões em busca de fungos alucinóginos, o Citroën hipocondríaco, os amores alucinados da juventude... Então todo o pudor desapareceu. Já não tinham nada a esconder, nenhum segredo cuja revelação dependesse da perspicácia ou da curiosidade de um estranho. Então, como quem abandona uma casa sem que os outros se dêem conta, me afastei na ponta dos pés.

O plano Klossowski, por outro lado, começava a me ocupar quase que com exclusividade. Tinha localizado La Bachelarde, um travesti argentino que, segundo me disseram, tinha posado uma vez para ele. Devia ter pelo menos 40 anos, mas o eco de uma juventude licenciosa ainda ressoava nas suas feições como uma maquiagem indelével. Assim que soube que a minha intenção era entrevistar Klossowski, sua cara se contorceu em uma careta de despeito. Ao que parece, as sessões de modelo tinham sido um verdadeiro tormento. Klossowski tinha o costume de interromper seu trabalho durante horas, mas o proibia terminantemente de abandonar a posição em que o estava retratando, o que o obrigava a realizar um esforço físico insuportável. Enquanto isso, deitado em um canapé, Klossowski o contemplava com olhos sonolentos. Às vezes, só às vezes, se levantava para baixar a persiana uns centímetros ou corrigir uma prega do cortinado que usava como fundo. Perguntei a ele se alguma vez havia se queixado. La Bachelarde, ofuscado, assentiu e acrescentou que Klossowski, sem se alterar, tinha se limitado a lhe dizer que posar era algo bem diferente do que ele, o travesti, imaginava, e que ele, Klossowski, não o pagava para aparecer em um de seus quadros mas sim para *comparecer* à sua presença durante um tempo determinado, e para se comprometer a cumprir ao pé da letra as instruções por ele dadas, tanto ao começar a sessão, em uma lacônica cerimônia que oficiava como contrato, como mais tarde, de um modo imprevisto, ao acaso da jornada. Posava para ele, não para os seus quadros. Certa vez em que os protestos de La Bachelarde derivaram em uma forte discussão, Klossowski, que já em estado normal irradiava uma palidez cadavérica, tornou-se transparente de tão branco, teve ou fingiu um enjôo e apertou uma campainha escondida perto de um parapeito. Enquanto se jogava no canapé, e seus dedos trêmulos abriam os primeiros botões da sua camisa de seda, Roberte entrou no ateliê com um envelope e um vidrinho de comprimidos. Recolheu a roupa de La Bachelarde, que continuava petrificado sobre o pequeno estrado em uma pose greco-romana, entregou a ele o envelope e o fez passar para uma sala contígua para que se vestisse. Era, segundo o travesti, uma mulher pequena e enérgica que usava sapatos abotinados sem cadarços; os traços do seu rosto consumido tramavam uma conspiração de castigos. Assim continuaram durante semanas. À saída de cada sessão, o travesti se jogava no banco traseiro de um táxi e sussurrava entre gemidos o endereço do seu massagista. Uma tarde, finalmente, o despediram. Foi uma jornada perfeita; Klossowski estava com um humor angelical, tinha trabalhado oito horas sem interrupção, e alguns minutos antes de terminar, concedendo-lhe um privilégio que era o pior dos presságios, convidou-o para contemplar a parte inferior do quadro, onde seus brancos tornozelos de adolescente ensaiavam uma espécie de fuga. Roberte, como sempre, colocou em suas mãos o envelope listado e o acompanhou até a porta. Quando quis se voltar para ela e dizer, como todas as tardes, "até amanhã", a porta estava fechada. Abriu o envelope; dentro encontrou o pagamento desse dia e o do resto da semana. Não faltava um centavo. Havia inclusive duas notas de cem francos a mais, uma bonificação que o caixa do banco devolveu com um sorriso de amável contrariedade quando tentava depositá-la na sua conta. Eram falsas. O que podia fazer? Não havia o que reclamar, uma vez que a fraude só afetava um aditamento que o contrato nunca tinha considerado. Mas Klossowski o tinha dispensado sem razão aparente, e essas duas notas supérfluas lhe infligiam um dano misterioso que deixava rarefeita sua indignação. Nos dias seguintes, La Bachelarde embaralhou uma resposta atrás da outra. Pensou em devolver as duas notas pelo correio, acompanhadas de uma carta ofensiva. Pensou em mandá-las aos jornais com um breve relato do episódio, coisa de manchar a reputação de Klossowski. Pensou (chegou inclusive a fazer) em espalhar o fato no sindicato dos modelos, de modo a desencadear uma solidariedade que privaria Klossowski de um elemento-chave para os seus quadros. O fracasso dessa última alternativa (com sorrisos misericordiosos, seus colegas se ofereceram para mostrar coleções inteiras de notas falsas, todas presenteadas por Klossowski, que acumulavam como relíquias nos mesmos envelopes listados em que Roberte as colocara) o dissuadiu de tentar qualquer uma das outras. Uma das notas burlou milagrosamente a vigilância de uma caixa de Tati e conseguiu cem francos em ofertas de roupa íntima que despendeu nas frias vigílias do Bois de Boulogne. A outra, com uma semana de diferença e enrolada, serviu para aspirar uma carreira de cocaína adulterada que o mandaria ao hospital com o nariz convertido em uma torneira de sangue.

O que podia esperar dele para consumar meu plano? Uma migalha de inconstante ressentimento (que a minha aparição tinha reavivado e que se dissiparia mais tarde, assim que nos despedíssemos, como o vestígio de uma antiga dor), o endereço e o telefone de Klossowski em Paris (mas então me deu outro endereço e outro telefone, os seus, alegando que não costumava sair com esse tipo de dados, e me pediu que o chamasse e passasse diretamente na sua casa para pegá-los), os três tapinhas equívocos que me deu nas costas quando descobriu a verdadeira razão que me obrigava a beber minha cerveja encurvado. Por um momento me assaltou a tentação de lhe confessar tudo: a entrevista com Klossowski era uma farsa, só buscava um pretexto para chegar até ele e matá-lo. Alguma coisa me desanimou enquanto pagava as cervejas e La Bachelarde deslizava, com dois dedos que eram como pinças, esmaltados e confidenciais, um cartão no bolso do meu paletó. Acabava de desabar uma chuva feroz, as colunas de água varriam os últimos resplendores de sol, e me vi, encharcado, desviando de pastas e guarda-chuvas com meu passo torpe, raspando os braços contra as fachadas a fim de me proteger sob os terraços, os olhos submissos, condenados a um mundo feito de sapatos encharcados, de cachorros, de ladrilhos, de poças, de mil panfletos e cartões tatuados como os que La Bachelarde tinha me dado sem dizer uma palavra, confiando que os incontáveis sexos diminutos que esse dragão calado vomitava sobre a cartolina dissessem tudo. Saímos do bar. Pegávamos metrôs diferentes, mas caminhamos juntos por algumas quadras; eu ia um pouco mais na frente, La Bachelarde me seguia com uma mão presa no esporão, como um cego ao seu guia.

Por que tremia cada vez que Tellas me avisava

que tinha alguma coisa a me propor? Era o jeito que deixava sua cabeça descansar sobre um ombro, seu olhar tênue e enviesado, a brutalidade que espreitava em seu ar distraído? Tudo estava decidido de antemão; a proposta, em todo caso, sempre era o epílogo condescendente de um plano que ela tinha concebido e resolvido colocar em prática sozinha. Queria ir a Londres. "Aqui tudo é tão curvo...", dizia, a meio caminho entre a queixa e a descrição arquitetônica. (Pela fresta ínfima de suas pálpebras chegou a vislumbrar, com inesperada nostalgia, a paisagem chata de Saint-Nazaire; sentia saudade dessa impessoalidade como se sente saudade de um descanso.) Desta vez, a letargia que a prostrava não era um sinal de tédio mas sim de intoxicação. Dormia muito, acordar de manhã era um suplício para ela, e um opaco véu de alérgica tinha pousado suavemente sobre seus olhos. O médico (um estagiário que o pintor amigo de Tellas tinha recomendado, e que interrompia sua caligrafia de míope para assoar o nariz com folhas que arrancava de um velho receituário) diagnosticou um ataque de fígado. Tellas, em particular, me confessou a causa. Era o bolo gigantesco e barroco de Paris, sua confeitaria afetada e exibicionista. Tudo, dizia, estava em seu lugar; tudo estava em seu lugar, mais duas ou três vezes, como se o confeiteiro, temendo que sua destreza passasse despercebida, a tornasse flagrante triplicando a ênfase decorativa do creme. Os cafés lhe davam uma peculiar forma de náusea que tinha batizado de *arcadas Thonet*, evitava contemplar as fachadas das casas antigas como quem desvia o rosto diante de um vício indigesto, e já tinha começado a abster-se de olhar vitrines: não suportava comprovar que a roupa que exibiam era a mesma que vestiam os elegantes bonecos dos bolos com os quais cruzava todos os dias. "Londres é a minha salvação", disse, enquanto rasgava em pedaços as receitas do médico. Discutimos. Eu não estava em condições de abandonar Paris, pelo menos não até que as gestões do plano Klossowski mostrassem alguma evidência de progresso. Ir era renunciar sem sequer ter fracassado. Tellas, com razão, confundiu minha resistência com insensibilidade. Como me atrevia a colocar em pé de igualdade o seu ataque de fígado com uma mera obstinação literária? Propus a ela uma rigorosa dieta parisiense; se o seu mal-estar era resultado da gulodice, dali por diante racionaríamos o consumo de maneirismos, deixaríamos de ouvir o clamor dos séculos e nos limitaríamos a percorrer tudo o que a cidade tivesse incorporado depois de 1950. Tellas se virou entre os lençóis e me deu as costas. 1960?, sugeri. Estava tão entusiasmado que comecei a anotar um itinerário possível. Tellas balançou energicamente a cabeça; a grande mancha acobreada que afundou o travesseiro me lembrou que tingira o cabelo de vermelho em Saint-Nazaire, e que tinha escolhido essa cor, depois de infinitas deliberações, com o único propósito de exibi-lo em Londres. "Me diga você, então: 1970?" Tellas deu um salto epilético na cama. Gritava "não, não!" enquanto seu corpo se agitava como se estivesse possuído. *Odiava* a década de 70, odiava que eu me esquecesse que odiava a década de 70. Houve uma trégua. Tellas esticou uma mão de dependente até o criado-mudo; a expedição, ziguezagueando entre remédios, derrubou meia dúzia de frascos inúteis. Uma máscara feita de lençóis me mostrava apenas seus olhos e o resplendor avermelhado da sua cabeça despenteada. "Você levou o wasabi?", ouvi que me perguntava. Dei-o a ela: o pequeno tubo estava liso e rachado como uma casca. Tellas descobriu que dez minutos de massagem nas têmporas com a pomada dissipavam a sua dor de cabeça; eu, que aplicando-a regularmente sobre o esporão aliviava a hipersensibilidade eletrizada da pele. Sempre que saíamos separados fazíamos, ao nos reencontrar, essas mesquinhas reclamações de dependentes. Fui até o telefone com os envelopes das passagens e li no verso o número da companhia aérea. Enquanto discava disse a ela que verificaria datas e horários de vôos para Londres. Da cama, um ponto verde em cada têmpora, como manchinhas de musgo, Tellas disse que pegaria o das 9:45 da manhã seguinte.

# IV

Primeiro ataque: no caminho para a casa de La Bachelarde. A última coisa que lembro é que tinha descido do metrô para fazer uma baldeação: a pele branca, quase azulada da minha mão sobre a maçaneta cromada, as pontas úmidas dos meus sapatos, os olhos da menina negra varrendo de cima a baixo a página de Júlio Verne e roçando furtivamente a minha corcunda. Adivinhei (vantagens do deformado) o precipício que se abriria entre o vagão e a plataforma, dei um salto e procurei, enquanto andava entre as pessoas, a placa que indicava a minha direção. Uma nuvem fluorescente me cegou. Quando despertei estava sentado no meio da estação deserta. Abrigado por uma velha edição de *Le Figaro*, um mendigo se acomodava rangendo nos três assentos que havia ao meu lado e acorrentava os tornozelos na trave de metal.

Segundo ataque: encarapitado na escada de uma livraria. Tinha pedido permissão para subir e conferir umas prateleiras altas. A fileira do "B" transcorreu sem percalços. Comecei a transpirar quando passei para o "C": o cochicho desconfiado dos livreiros subia como uma espiral de fumo até o esporão. O nome de Condorcet, que eu não procurava, me deteve um instante. Foi apenas uma fração de segundos, mas foi fatal. Extraí o volume com a repentina esperança de me encontrar com Sophie de Grouchy, a sofrida esposa do filósofo. Ainda que o estivesse lendo pela primeira vez, esse título ficou impresso a fogo na minha memória. Era o *Essai sur l'application de l'analyse à la probabilité des décisions rendues à la pluralité des voix*. Sete minutos mais tarde (sei disso porque um dos livreiros, familiarizado com os acidentes de narcolepsia, tinha se dado ao trabalho de marcar o tempo), no entanto estava estirado sobre a mesa de saldos que havia amortizado a minha queda. Os dois livreiros me olhavam como se me auscultassem. Um me ajudou a pisar em terra firme; o outro cravava um olhar desconfiado no *Essai*, que tinha sobrevivido à aterrissagem entre os meus dedos. Tratei de disfarçar o incômodo distribuindo agradecimentos. Um deles me disse: "Agradeça ao 'R', não a nós". Me virei e contemplei o colchão providencial que havia me salvado: a descendência de Romain Rolland, danificada em parte pelo impacto, ocupava praticamente toda a mesa. O outro, ao me levantar, me perguntou: "Vai levar ou não, o Condorcet?".

Terceiro ataque: rondando a casa de Klossowski.

*Wasabi*

À força de vigiar as janelas do quarto andar, uma dor aguda, como uma agulhada, tinha se alojado na base da nuca, no ponto exato onde a extremidade do quisto exercia sua pressão cada vez que eu levantava a cabeça. (Três tentativas telefônicas me haviam demonstrado que essa vigilância era a minha única alternativa; nas três vezes atendeu uma mulher estrangeira, e só ao final da terceira, depois de desembaraçar o emaranhado mal-humorado do seu sotaque, cheguei a entender que Klossowski estava fora de Paris. La Bachelarde já tinha me previnido: a primeira muralha que separava Klossowski do mundo não era Roberte; era a empregada portuguesa. Roberte doutrinou-a com tanta devoção que sua discípula começava a lhe despertar ciúmes.) Esperei, esperei. Caía uma noite áspera, sem ruídos. Uma pequena motocicleta amarela estacionou, subindo na calçada, diante da porta; vestido com um macacão azul, o motorista desceu de um salto, andou em câmara rápida, fez soar uma campainha inaudível. Apenas entreabrindo a porta, o zelador recebeu dois pacotes e um maço de cartas. Um clarão débil brilhou nas janelas do quarto andar. Quase ao mesmo tempo, como se alguma coisa tivesse me delatado, os dois homens se voltaram para mim quando eu começava a atravessar a rua. Sufocado, abri os olhos. O apartamento do zelador era um aquecido bazar de quinquilharias. Bichinhos de porcelana, posters turísticos, vasos de cristal lapidado, um almanaque do Salon du Livre (provável gorjeta de Klossowski) encurralado por retratos familiares, um falso forno a lenha que a chama do gás escurecia. O zelador encheu uma taça com um líquido transparente e o empurrou até mim. (Não, não doaria minhas impressões digitais ao bazar.) No quarto ao lado tocou um telefone. Meu anfitrião se levantou para atender. As cartas estavam sobre a mesa, perto da taça. Duas eram para Klossowski; tinham timbres de galerias de arte. Me levantei com cuidado, dei uns passos até a porta certo de que levitava. O assoalho soltou um grande rangido de protesto. Abri a porta, corri escada acima enquanto o zelador berrava nas minhas costas. Corria quase às cegas (depois de um piscar premonitório, a luz da escada tinha se apagado com um ruído seco, soltando um enxame de vagalumes que rodopiavam em volta da minha cabeça), guiado apenas pela vertigem dessa espiral e pelos passos firmes do meu perseguidor. Entre o segundo andar e o terceiro alguma coisa me fez tropeçar. Foi o primeiro golpe de uma série (um degrau, um golpe: assim era a métrica desse penoso estribilho de percussões), e a série mal terminaria no descanso do terceiro andar, quando um drástico saco de areia abortou definitivamente minha corrida. Por que essa cidade ensoberbada de séculos continuava autorizando reformas? Quis me levantar; o zelador já se lançava sobre mim.

*Wasabi*

Pensei ter visto Bouthemy na rua. Vi um homem que saía de um táxi, afundava em uníssono os dois sapatos em uma poça d'água e entrava em outro táxi que avançava em sentido contrário. Tinha, de Bouthemy, o sobretudo puído e cheio de dobras, tinha o costume de levantar as lapelas e manter os botões desabotoados, como se aceitasse só pela metade defender-se do vento e da chuva. Também de Bouthemy eram a barba, o cabelo ralo e despenteado, o cigarro apagado entre dois dedos e a postura do corpo ao percorrer a distância entre um táxi e outro: um pouco perfilado, com a destreza de quem está acostumado a deslizar o tempo todo entre as pessoas e as coisas. Não me ouviu chamá-lo; nem sequer virou a cabeça quando me coloquei ao lado do táxi e bati na janela. Através do vidro, aumentado por milhares de gotas que eram como lupas, a mão e o cigarro desenharam um gesto imperativo; os pneus, quase sem ruído, patinaram sobre um tapete de água, e o táxi arrancou. Voltar à calçada me custou três minutos de aguaceiro; três minutos, dois pára-choques que brecaram quase beijando os meus joelhos, e um repertório de pantomimas ofensivas, puros planos de cinema mudo varridos pelos bracinhos do limpador de pára-brisa.

Em parte pela pressão do esporão, em parte pela ressaca que a surra do zelador tinha me deixado latejando em um olho, quase já não podia olhar as pessoas na cara; no entanto, via meu reflexo atroz na cortesia com que se afastavam para me deixar passar, ou encontrava mil auto-retratos fugazes na forma distraída com que esbarravam em mim, nas desculpas que deixavam cair como esmolas. Minha roupa, de tão molhada, parecia ter se tornado impermeável. Procurei refúgio na cabine telefônica. Das cabines contíguas chegava, amortizado pelos vidros, o burburinho de uma colméia de idiomas asiáticos. Quase sem pensar introduzi meu último cartão e disquei o número de Bouthemy em Saint-Nazaire. Atendeu a voz rouca de Isabelle, sua secretária. Bouthemy ainda não tinha chegado. Perguntei a ela se estava em Paris. "Em Paris?", se surpreendeu: "normalmente deveria estar chegando de Trieste, mas não seria estranho que... Sim, poderia estar em Paris, por que não?". Perguntei a ela se sabia, nesse caso, onde podia localizá-lo. "Gostaria de saber", ela disse rindo, e depois, quando eu estava a ponto de me despedir, acrescentou: "Chegou aqui um fax de Tellas, suponho que para você. Meu *cabidinho* é você, não?". Pedi a ela que lesse para mim. "Meu cabidinho", começou a ler, dissimulando uma gargalhada entre as asperezas de um castelhano um tanto pejorativo, "Londres *é* minha salvação." ("'É' sublinhado", observou Isabelle.) "Estou perdendo a cabeça e suas dores. Acabo de me dar conta de que perdi também, o número de telefone do seu hotel. De qualquer maneira, você pode me encontrar aqui." ("Você tem como anotar?", Isabelle perguntou. Pedi a ela dois segundos que a minha falta de habilidade multiplicou. Quinze unidades mais tarde – agora só me restavam dez –, com os dentes de uma chave, eu escrevia sobre a parede de alumínio da cabine este número de telefone.) "5875335. Pergunte por mim, não se assuste se não te entenderem. A casa é enorme, e dos quinze que somos, dez – no mínimo – são paquistaneses. Como anda o *affaire* Kieslowski? Ontem no banheiro me desfiz do *fuseau* que trouxe de Buenos Aires. Queimei-o. Está Malkovich no teatro. Se a obra não for boa pelo menos o verei, e se ele não for bom pelo menos vou roubar um par desses binóculos que os ingleses colocam nos encostos das poltronas. Beijos, Tellas."

Poderia ter imaginado tudo. A solidão, um clima hostil, o assalto dos três irlandeses bêbados no metrô, os impudicos sinais de exclamação com os quais Tellas me colocava a par das vantagens da sua ausência, os contratempos do plano Klossowski. A vertigem que deformava meu corpo de massinha... Tudo, menos que contrairia essa dívida impagável com o dramaturgo chinês. Ninguém teria feito por mim o que ele fez; e eu, se pudesse escolher, o teria rechaçado completamente, de tanto que me repugnavam sua arrogância, sua impostura, seus modos de manicure excitada. Se não o rechacei, se sua generosidade se apoderou de mim, eficaz como um sortilégio inesperado, no mesmo instante em que nos reencontramos, foi porque eu já não desejava, não temia, não esperava nada. Via cintilar, débeis no horizonte, dois destinos. Uma cama de hospital, uma estação de metrô. Se aproximavam com lentidão, como dois preguiçosos depredadores que, embalados por uma maré indiferente, se arrastavam até a margem onde o meu corpo tinha decidido deitar-se para morrer. Talvez "corpo" não seja a palavra exata para descrever o novelo sujo que eu era quando os sapatos do dramaturgo chinês tropeçaram nele. Eram combinados, brancos e pretos, e estavam surpreendentemente secos. Me lembro deles porque esse nítido fotograma de filme de máfia foi o primeiro que vi ao acordar, quando entre remelas me preparava para me deixar levantar por uma dupla de enfermeiros municipais ou farejar por uma turba de mendigos.

Poderia ter pensado no trio de irlandeses, temido que tivessem voltado, como costumam fazer em Dublin, a enfurecer-se com a vítima que escolheram para descarregar sua embriaguês. Mas na temporada de férias a idiossincrasia irlandesa admite algumas ressalvas: o passatempo turístico é espancar diversificadamente. Eles gostam de contar o número de vítimas, não de golpes. Por outro lado, o que mais poderiam ter obtido de mim? Tinham levado tudo o que eu tinha no momento do assalto. Depois de me bater sincronizadamente (dois com um exército de mãos e pés, o outro com um garrafa de cerveja), depois de esvaziar meus bolsos e ficar com meu sobretudo, o mais baixo, cutucando-me com o saca-rolhas de um canivete suíço, me acompanhou até o hotel enquanto os outros esperavam embaixo. O recepcionista da noite tinha dormido na frente de um pequeno televisor preto-e-branco; uma chuva de bactérias reverberava sobre o seu crânio raspado. Subimos. Uma rápida inspeção incrementou o lucro da rua: o resto do dinheiro e da roupa (não houve clemência para o vestuário que Tellas tinha acumulado em Saint-Nazaire, e que aparecia como um punhado de vísceras entre os lábios de sua mala), a câmera fotográfica que Tellas não quisera levar, meu passaporte, o creme e o barbeador, o despertador que tocava a qualquer hora. O irlandês estava para ir embora quando o pacote de livros chamou sua atenção. Reconheceu, na capa, o nome que havia soletrado antes com sarcasmo ao abrir o meu passaporte; sorriu, fez um corte perfeito no invólucro de plástico transparente e escolheu um exemplar do meio da pilha, como se suspeitasse que os de cima eram os defeituosos. Fez uma careta de nojo quando viu que o livro estava em francês, mas depois pareceu reconsiderar. *"You'll be my friend teacher"*, disse, e guardou-o no bolso do meu sobretudo. Tinha o tamanho exato.

Abandonei o hotel nessa mesma noite, ainda atordoado pelos golpes. Não me restava outra alternativa: devia uma conta que já não poderia pagar, e sem dúvida a desculpa do assalto teria soado, nos meus lábios de sul-americano, como uma fraude inútil. Fui sigiloso ao fugir; de qualquer modo, os roncos do recepcionista teriam dissimulado qualquer sinal delator, inclusive esse zumbido que descia comigo degrau atrás de degrau, na altura dos meus ouvidos, como um enxame de abelhas solidárias, e que eu tratava de silenciar, acreditando que se infiltrava de algum quarto, com sibilos regulares. Ao amanhecer, depois de horas vagando com esse cortejo de insetos pela cidade deserta, compreendi que o ronronar era fruto da pontaria com que os irlandeses tinham aplicado os seus golpes. Fechado no único banheiro público que tinha encontrado aberto (tinham destruído a estrutura da porta, que batia empurrada pelo vento; um minuto antes tinha visto sair duas sombras furtivas, gêmeas, como fantasmas, que se separaram com gestos silenciosos ao chegar à esquina), demorei o tempo suficiente para verificar no espelho as seqüelas da desgraça. Detiveram-no, na verdade, o terror de me ver desfigurado e os malabarismos que tive que fazer para colocar minha cara na altura da sua imagem. Poderia ter sido pior, pensei, banhado em suor, quando consegui me olhar. Os irlandeses tinham aprofundado a obra do porteiro de Klossowski, mas não a ampliaram muito. Esse alívio durou até que reconheci, perplexo, que as duas fatias sanguinolentas que sobressaíam nos dois lados do rosto eram minhas orelhas. Não me atrevi a tocá-las; só rocei com a ponta dos dedos a parte que ocupavam no espelho, e um estremecimento, essa descarga que não é dor mas sim o que a precede, o mensageiro das verdadeiras feridas, me obrigou a retrair a mão e a mantê-la suspensa no ar, trêmula, na metade do caminho entre o espelho e o meu rosto.

Entrando no museu dos meus dias de mendigo, uma vez driblada a placa que comemora os seus mantenedores (eu, meus eventuais pseudônimos), se tropeça com a primeira vitrine. Tem uma forma retangular, as bordas são de madeira, e uma desatinada iluminação banha o vidro de reflexos excessivos. Debruçando-se sobre o interior a 45 graus, no entanto, o objeto exposto pode ser bem apreciado: é uma tira dupla de espuma. Sua extensão obrigou-a a ficar parcialmente enrolada para que entrasse na vitrine. Sobre uma das ripas de madeira, uma pequena placa de cobre diz: *Cachecol*. O salão contíguo reúne o resto das peças: uma cadeira de vime (que descobri em um bairro rico, sepultada sob os escombros de um vagonete, que me acompanhou nas minhas peregrinações ao relento, e que perdi ou me roubaram em circunstâncias confusas); um par de luvas de lã de tamanho infantil (o original tinha os dedos intactos; o que se exibe em um cofrezinho de alumínio, perto do banquinho onde o vigia monta suas guardas sonolentas, estão cortados: foi o único jeito que minhas mãos puderam aproveitá-las); uma coleção de jornais formato lençol (rcunidos sob a rubrica *Roupa íntima*); uma garrafa de uísque de

350ml (não sei como, com que dinheiro, mas lembro que a comprei, que a esvaziei quase de um só trago, e que depois a levei comigo até o final, até que minhas mãos trêmulas não pudessem sustentá-la e se fez em pedaços contra o chão); uma touca de banho elástica (agora parece um pouco fria – talvez exibi-la assim, sozinha, não tenha sido uma decisão acertada –, mas forrada com o pedaço de espuma que subtraí do meu cachecol cumpria sua função térmica com uma eficácia surpreendente); a réplica de um sobretudo novo com o preço preso na manga esquerda (o verdadeiro está em meu poder, e ainda que eu não o use mais, penso em conservá-lo para sempre; foi a única exceção de um calvário bastante convencional: encontrei-o em uma praça, preso no galho de um arbusto, ainda impregnado com o calor que fazia na loja em que acabavam de comprá-lo, e ainda hoje me sobressalta, de vez em quando, o pressentimento de que alguém aparecerá para reivindicá-lo).

Mas a atração do museu não reside tanto nesses despojos quanto no que encerra a pequena sala dos fundos. É preciso procurá-la; uma negligência perdoável, devido sem dúvida à novidade que esta instituição introduz nos anais da museologia, não traçando suficientemente o caminho que conduz a ela. É a sala que fica perto dos banheiros. Está sempre escura (outro detalhe que talvez afugente o visitante), guarda um punhado seleto de recordações. Não são fotografias, nem fragmentos de celulóide projetado, nem sequer vozes gravadas. São lembranças, e o que aparece diante dos olhos do visitante é a matéria de que estão feitas e na qual perduram, essa espécie de ar granulado onde às vezes se desenham gestos, figuras, cenas. Há muitas. A maioria não costuma superar os dez ou quinze segundos de exposição, o tempo médio admitido por causa da consistência arenosa que pontos e linhas têm na memória. Mas há três que cruzam freqüentemente esse limiar. Uma é o gesto de espantar moscas que me dedicou, através da vitrine, o livreiro que alguns dias atrás tinha presenciado o meu colapso. Eu estava na calçada, contemplando os livros como se fossem resíduos de algum outro mundo; ele passava um espanador sobre as mesas. Me viu, ficou quieto um instante, talvez medindo a distância que separava os livros dos meus olhos, e depois, como se ao contemplar os livros eu os contagiasse com uma doença incurável, fez várias vezes esse gesto com a mão para me afugentar. A segunda são os passos em círculo com que um vigia do parque foi me encurralando no banco em que eu estava sentado. Caía a noite. À medida que estreitava o cerco, o vigia confirmava no seu relógio a hora de fechamento do parque, preparando-se, com expressão de regozijo, para impedir que eu passasse a noite ali. A terceira é o interior cálido e suntuoso de um carro último tipo. Tinha chegado cambaleando a um pátio de estacionamento; as luzes tênues de um restaurante reverberavam sobre as carrocerias imóveis. Cruzei o pátio sem esperanças, como quem pega o atalho que o depositará na próxima desgraça, resignado, inclusive, à idéia de desmaiar e de que algum motorista, estonteado por uma refeição satisfatória, me esmagasse como a uma ondulação do asfalto. Parado perto do Volvo do seu patrão, um chofer me olhou e me fez sinais. Me aproximei. Depois, sem dizer uma palavra, abriu a porta traseira do carro e me convidou para entrar, e durante meia hora permaneceu perto do carro, fumando sob a noite, como o guardião orgulhoso da minha felicidade.

Nada retrata tanto a desesperança do que dizer: assim transcorreram dias, meses, anos. Indefesos, delegamos na sucessão fatal do tempo, que é idêntica para todos, o avanço de uma corrupção que aplaca toda resistência e só afeta a nós, recortando-se contra o fundo do tempo como uma silhueta à contraluz sobre uma tela vazia. Era o decorrer dos dias o que eu padecia, ou melhor, o privilégio de ser contemporâneo da minha própria degradação, a testemunha das evidências que com o passar das horas iam me distanciando do humano? Que fossem somente dias não me consolava; a crueldade torna irrisória qualquer medida de tempo. Assim então, passaram-se dias, e a cada minuto eu sentia diminuir a diferença que havia entre o meu corpo e sua ferida. O espaço, a cidade, as distâncias se desfiguravam ao meu redor, se contraíam em nós gélidos e terminavam volatizando-se no ar como se nunca tivessem sido outra coisa além de ilusões. É provável que isso seja o inferno: esse ar que sobrevive, intacto, ao desaparecimento de todas as coisas, e que envolve como uma esfera diáfana o espetáculo de um desmoronamento pessoal. Cada dia que passava meu sofrimento dividia o mundo em alguns de seus componentes. Um dia eram as ruas, outro o céu, depois eram os rostos, a luz, o idioma, e assim por diante. O transcurso do tempo não era nada mais do que essa obstinada vontade de dividir; o resultado, como é previsível, ia decrescendo progressivamente. Alguma vez chegaria a zero? Essa esperança foi a última a me abandonar. O mundo, com efeito, é infinitamente divisível; *tende* a zero, mas a cifra ínfima a que essas divisões o aproximam reflete menos um decréscimo do que uma depuração, como se do outro lado de tanta subtração não espreitasse o vazio e sim a falta absoluta de estilo: o inferno nu. E no entanto alguma coisa se pôs a brilhar na crueza desse pesadelo, alguma coisa que irrompeu como uma revelação mas que era apenas uma lembrança. (Há um lugar para essa lembrança no museu dos meus dias de mendigo, um lugar que causa inveja a muitos dos seus colegas impalpáveis; mas ela, caprichosa como uma estrela de cinema, só aceita ocupá-lo intermitentemente). Saint-Nazaire... Um banco de madeira nas margens do estuário, perto do cais abandonado onde Tellas e eu, apavorados, tínhamos ficado em uma tarde de tempestade. Não havia nada nessa reminiscência que me confortasse: a paisagem era triste, um vento glacial se enfurecia com nossas bochechas, nuvens baixas velavam a ponte e uma extensa neblina na margem próxima, e as poucas palavras que nos atrevíamos a pronunciar soavam débeis e morriam em seguida, impregnadas de uma angústia inexplicável. Mas o que brilhava era a existência da lembrança, não o seu conteúdo: a prova de que esse inferno, homogêneo e liso como se apresentava a mim, ainda podia se rachar. De repente Saint-Nazaire foi minha pátria, minha infância, a sede de uma vida sem valor e prematura que tinha perdido para sempre e que no entanto nenhuma catástrofe, nem sequer a que havia se abatido sobre mim, reduzindo-me à pura contemplação do meu fim, jamais poderia apagar. Já não tinha mais forças para me apegar a esse brilho; as poucas que me restavam se dissipavam ao caminhar, ao vigiar as portas traseiras dos restaurantes, ao esconder minha sombra exangue e monstruosa. Tampouco tinha ilusões. Saint-Nazaire não era essa morada que a evocação me devolvia. Já não voltaria a Saint-Nazaire. Mas podia, enquanto me aproximava do osso do inferno, decidir que contemplaria esse brilho cada vez que aparecesse, com a mesma resignada felicidade com que o condenado recebe o raio de sol que todos os dias, à mesma hora, atravessa a penumbra da sua cela.

Saint-Nazaire foi o raio de sol. O que foram os sapatos do dramaturgo chinês? A campainha de um despertador barulhento e de mau gosto, o uivo do jovem cego que vive no térreo e nos sobressalta no meio da noite com sua meia língua balbuciada na escuridão. Por deus, chega, exclamamos para nós mesmos; mas depois, uma fração de segundo mais tarde, compreendemos que esse despertar que nos parece abominável era na realidade nossa máxima vontade, o desejo que já dávamos por perdido porque a vida havia nos deixado sem um pingo de ânimo necessário para realizá-lo. Talvez o raio de sol, do céu da memória que aquecia com seu resplendor, tivesse baixado na terra, ao subsolo da terra em que eu jazia (a estação Luxembourg), para se encarnar nesse par de sapatos de couro que a chuva não tinha se atrevido a roçar. Como teria aborrecido Tellas a pequenez feminina desses pés, o tamanho exato, sob medida, da sua embalagem! (Acabava de despertar, a névoa do embrutecimento apenas começava a se dissipar, já pensava outra vez em Tellas. Isso devia ser, então, "voltar a si", uma imperfeição da contemporaneidade: olhar algo e descobrir que outros olhos acabam de confiná-lo no passado.) O dramaturgo chinês derramou uma desculpa enquanto eu descobria a cabeça entre os lençóis de papelão. Os dois nós pretos dos cadarços caíam delicadamente sobre o couro branco do peito do pé; as meias eram pretas, salpicadas de estrelinhas brilhantes; alguns centímetros acima, uns tornozelos ossudos desapareciam nos túneis das barras da calça enroladas. Gritou, me reconhecendo, ao mesmo tempo em que sufocava o grito com as costas de uma das mãos. O resultado foi uma espécie de tosse invertida que explodiu suavemente na sua garganta. Se inclinou e me ajudou a me levantar, afastando as caixas com uns pontapés estilizados e quando terminei de me levantar (o crescimento do esporão tinha igualado nossas estaturas), incrédulo diante do que via, tratou de tirar o pó que os dias tinham esquecido na minha roupa, como se ele não fosse meu salvador mas sim o responsável pela minha queda, seu autor secreto arrependido.

Durante uma semana vivi com o dramaturgo chinês no microscópico apartamento que lhe havia emprestado um compatriota, professor de História do Oriente na Sorbone. Essas quatro paredes, forradas de livros até o teto, foram ao mesmo tempo meu refúgio e minha prisão. Durante sete dias esse homem me vestiu, me alimentou, velou por mim, amenizou com suaves toadas camponesas os delírios da febre. Acordava no meio da noite, sobressaltado pelos meus gemidos, e enquanto cantava esses bálsamos, que eram sempre diferentes, retirava debaixo do meu corpo trêmulo os lençóis úmidos. Não sei como o fazia; a única coisa de que me lembro é que os lençóis desapareciam como por encanto, sem que eu tivesse que me mover na cama, do mesmo modo que a terra desaparece sob os pés do embriagado. Me deu para beber chás irreconhecíveis, infusões que eu ouvia ferver em meu meio sonho e cujos vapores defumados confundia com o perfume dos meus delírios. Me deu para provar estranhas raízes brancas, que a princípio vomitei e que terminei mastigando com voracidade. Usei seus lenços de seda, seus travesseiros, sua escova de dentes, seus sabonetes, suas toalhas, e a única recompensa que lhe coube em troca foi o ataque de riso que o sacudiu quando me viu vestido com um dos seus pijamas pretos. Foi o enfermeiro mais fiel, o mais atento e desinteressado. Não me fez perguntas: trabalhou com minha doença como com um material opaco que tivesse que submeter à força da obstinação e da confiança, não da curiosidade. Cheguei a pensar, sobretudo nos primeiros dias, quando o humano era ainda uma espécie de mundo iminente, de formas incertas, que havia me enganado de pessoa, que o chinês que respondia no ato ao chamado mais débil do meu sofrimento não tinha nenhuma relação com o dramaturgo petulante e descortês que tinha conhecido em Saint-Nazaire. Mas ele tinha me reconhecido na estação de metrô (foi o primeiro a fazê-lo, e esse fato, o único do qual eu não pude dar fé, foi também o único do qual ele nunca se vangloriou), ele havia descoberto, sob a máscara que o desfigurava, um rosto que lhe era familiar. Se tinha decidido praticar essa caridade comigo era porque eu era para ele quem ele acreditava que fosse, o escritor argentino que Bouthemy tinha apresentado a ele no Skipper, o mesmo cujas feições havia se dado ao trabalho de estudar antes de estender uma lânguida mão de unhas reluzentes, balançando a cabeça para a direita e para a esquerda para desviá-la do perfil íngreme de um chafariz de frutos do mar. *Tinha* que ser ele mesmo. Assim, sua filantrópica bondade, a abnegação reservada do seu asilo incrementaram de um modo obscuro a minha aversão. Graças aos seus cuidados logo estive em condições de falar, recuperei a memória, dei meus primeiros passos de convalescente. Me voltou o desejo de ler, mas o dissimulei de medo que o dramaturgo chinês se valesse dessa ressurreição para aprofundar nossa intimidade e descarregar sobre a minha saúde, que ainda era precária, a artilharia pedante dos seus gostos. Nada disso aconteceu. Ao contrário, escolhia, todas as manhãs, antes de sair, aproveitando que eu dormia, dois ou três livros da biblioteca que deixava como que esquecidos perto da cama, com um recato que envolvia o meu despertar em uma estranha nuvem comovente. Começou a passar parte do dia fora assim que dei os primeiros sinais de restabelecimento. Mas nessas ausências, que ele graduava delicadamente, tendo os indícios da minha melhora como uma espécie de guia, eu não descobria tanto o restabelecimento de uma vida interrompida como o ensaio de uma nova instância terapêutica, a que consiste em deixar o doente sozinho com as suas dificuldades e com as suas forças. No quarto ou quinto dia, enquanto deixava que um raio de sol, o primeiro que minha cara parecia receber em séculos, me aquecesse a testa, pensei se era possível que tudo nele fosse dedicado a mim. Imóvel contra a janela, enlouqueci

*Wasabi*

durante alguns segundos, comprimido por um redemoinho de terror. Estive a ponto de ir embora. Faria a cama, lavaria minha xícara de chá, escreveria um bilhete que o dissuadisse de me procurar. Depois me passou pela cabeça destruir o apartamento, inclusive roubá-lo. O mesmo bilhete serviria para os dois casos. "Isto foi tudo", escreveria, ou algo parecido. Quantas grandes invenções devem ter advindo depois de um ataque de catatonia parecido? A quietude, em estado extremo, torna-se pura intuição de movimento, os olhos não precisam se mover para olhar, um absoluto de percepção habita no fundo da paralisia. Como atrações de um circo microscópico, milhões de partículas de pó flutuaram em um faixa de sol. Então o telefone tocou. Deixei que a secretária eletrônica atendesse. Primeiro escutei a mensagem que o dono do apartamento tinha deixado gravada na máquina. Tinha duas partes; a primeira, em francês, repetia o número do telefone, se desculpava por não poder responder a ligação e sugeria outro número; a segunda devia dizer mais ou menos a mesma coisa, só que mais estridentemente e em chinês. Depois escutei a ligação. Era Bouthemy; sua voz, suavizada pela barba e o bigode, procurava distraidamente o dramaturgo chinês; parecia esquecer-se a cada passo do que se propunha a dizer. No final, quando as lacunas já eram mais freqüentes que as palavras, houve uma espécie de soluço e Bouthemy perguntou se por acaso o dramaturgo chinês não tinha alguma notícia de mim.

"O escritor argentino que te apresentei em Saint-Nazaire", me descreveu: "Não sei dele, e como aquela vez vocês se deram bem pensei que pudessem ter se encontrado em Paris".

Liguei para Tellas. O pedaço de papel em que anotei o seu número em Londres estava sobre a escrivaninha, vigiado por duas miniaturas de porcelana. Tinha sido maltratado por dias inteiros de vagabundagem ao ar livre, mas o dramaturgo chinês, que antes de me despir tinha esvaziado cuidadosamente meus bolsos, devia tê-lo submetido a uma delicadíssima restauração: os números eram legíveis, essa caligrafia afetada não era a minha. Eu esperava que demorassem a atender; não que aparecesse, do outro lado da linha, uma série de vozes que balbuciavam num inglês mais indigente que o meu. Contei sete, todas de homem, e quando a oitava veio ao telefone respirei com um alívio grotesco; não era Tellas, mas era uma mulher, e ouvir essa diferença foi como comprovar que a espécie não havia se extinguido. Houve uma resistência, o fone bateu duas ou três vezes contra um objeto de metal e ressoou como um gongo nos meus ouvidos. Soou, inconfundível, a risada de Tellas: era essa risada tensa, mordaz, que subia do seu estômago apenas quando tinha em mente alguma coisa que os seus interlocutores nem sequer suspeitavam. Parecia feliz, apesar da decepção ocasionada por Malkovich e um lanterninha perspicaz que a tinha obrigado a devolver os binóculos que pretendia levar como consolo. Me falou alguma coisa sobre Otto Dix, de um programa de televisão que a cada sete anos (e durante 28) reunia as mesmas pessoas para documentar os estragos do passar do tempo, da dificuldade de atravessar as ruas sem correr algum risco. Quase tudo foi levado pela música (uma espécie de Ravi Shankar eletrocutado), as interrupções, as sete vozes que voltei a escutar, sussurrando coisas no meu ouvido uma de cada vez, como se estivessem colocadas em sete telefones diferentes da casa. Não me incomodou que Tellas ocupasse a conversa com os detalhes das suas atividades; ao contrário, foi um alívio. O que eu poderia ter contado a ela, que não fossem as etapas da minha decadência e agora, logo agora, às vésperas ainda instáveis da minha recuperação, essa palavra que ela detestava quase tanto como a década de 70? Só senti inquietude, uma irritação assustadora, cada vez que algum desses sabotadores telefônicos se interpunha na linha e Tellas, com uma irritação familiar, quase divertida, tratava de expulsá-lo: *Hanif, stop this, will you? Not now, Abbi. Come on, Arshes, it's not funny. I'm getting pissed, Sarquis.* Passei a interrogá-la sobre Hanif (um estudante de cinema que ganhava a vida fazendo filmes etnopornográficos), sobre Abbi (chef desocupado, massagista nas horas vagas, que eram todas), sobre Arshes (alternava a arte da tatuagem com um emprego de zelador em um reformatório no subúrbio). Tellas foi mais parca ou mais enigmática com Sarquis, e eu renunciei a saber algo do resto, rendido como quem, da margem, vê afastar-se lentamente as quatro garrafinhas que encerram, cada uma, um destino escrito em um idioma transparente. "Estou cansada", gritou Tellas, "você vem me buscar?" Disse-lhe que não podia, que ainda não havia terminado minhas coisas em Paris. "Como vai com Korovski?", me perguntou. Prometi a ela que lhe contaria quando nos encontrássemos. "E isso quando vai ser?" "Não sei", disse, "me diga você." "Tenho medo que me detenham no aeroporto. Sarquis e Harun estão ilegais, Coriun foi preso ontem, e Burkina quer me convencer a me fazer de mula. Tudo é tão complicado, aqui." Reprimi uma espécie de bramido, mandei que voltasse imediatamente. "Voltar?", ela disse, como que despertando, "voltar para onde?" "Para cá, para Paris." "Você diz *Paris* e sinto náuseas. Voltemos à Argentina." "Ainda temos quinze dias de convite, Tellas." "E daí? Diga a Bouthemy que os reserve para nós para o ano que vem. Afinal, você não escreveu nada. Ah, vamos voltar." É o momento, pensei: uma confissão brutal. O desastre Klossowski, a surra do porteiro, o roubo, minha vida de pária, a indigência. Tellas, pelo menos, tinha sua passagem de avião com ela. "*Eu não posso voltar, Tellas*", disse-lhe. De repente, extraordinariamente, tudo emudeceu, e os dois escutamos o estrépido com que se desencadeava o silêncio. "Você tem alguma coisa para me contar", disse ela, tremendo pela primeira vez em muitos anos. "Sim", falei. "Eu também", ela disse, e acrescentou: "Pego o vôo que sai depois de amanhã, às quinze para às onze". "Vou te buscar." "Ótimo. Te adoro", se despediu, e antes de desligar ouvi sua voz, como que perdida em um túnel, repetindo esta súplica: "Ai Sai Baba, faça com que Burkina não coloque coisas na minha mala, faça com que não aconteça nada com o avião".

Não teve jeito: um por um, sem jamais perder a linha da cortesia, o dramaturgo chinês recusou todos os oferecimentos de retribuição que eu lhe propus. Para ele pareciam quase uma perda de tempo; os escutava com essa atenção condescendente que dedicamos às frases cujo final intuímos desde o início, e na metade da proposta seus olhos, até então fixos em mim, se distraíam com qualquer detalhe. É claro que as minhas ofertas deixavam muito a desejar, ou porque tinham o respaldo do dinheiro que ele mesmo tinha me emprestado, ou porque somente consistiam em promessas a longo prazo. Devia-lhe tudo, estava em suas mãos. Mas ele, desdenhando a autoridade que a sua abnegação havia lhe concedido sobre mim, se limitava a passar em revista, todos os dias, os progressos do meu restabelecimento. O cerimonial dessa inspeção parecia-lhe suficiente, e suas conclusões – a evidência de que os vestígios do mal iam desaparecendo – pareciam ser a máxima satisfação a que podia aspirar. Isso, e o estado de feitiço no qual ele submergia quando contemplava a deformidade que persistia intacta na parte superior das minhas costas. Cativara-o desde o primeiro dia; seus cuidados, que sempre foram minuciosos, adquiriam um estranho caráter sentimental cada vez que os consagrava ao esporão, como se essa anomalia não fosse a aberração óssea que era e sim um prodígio do corpo, o milagre que alguma providência tinha colocado no seu caminho para que ele, seu único devoto, o mantivesse vivo. Seu interesse, na realidade, ia do religioso ao estético. Sempre que chegava a essa parte da inspeção (fatalmente era a última, e o dramaturgo chinês nunca a empreendia sem antes emitir uns gritinhos de excitação), dava voltas ao meu redor, primeiro em um sentido e depois em outro, como se ele fosse o meu escultor e eu a sua peça. Não precisava olhá-lo para compreender que admirava o esporão como um achado escultural, e que esse apêndice ignominioso era o que me convertia para ele em uma massa de pedra cinzelada. Cicatrizadas as feridas, dissolvidas as crostas, apagados os hematomas e a imundície, o esporão, com efeito, tinha adquirido a dignidade de um resíduo arqueológico. Era o único sobrevivente da tragédia, e essa condição solitária lhe infundia a eternidade de um monumento comemorativo. Já não me doía, a luva de pele em que ele estava envolto parecia ter estacionado em um ponto insensível. Tinha a rigidez de um objeto, mas também sua nudez, seu desapego, sua indiferença. Talvez por isso não resisti quando o dramaturgo chinês, entristecido por uma despedida que era iminente, me pediu permissão para tirar uma foto. Eu tinha esquecido o que era o orgulho. Teria feito sem reservas tudo o que tivesse me pedido, do mesmo modo que se aceita qualquer cláusula de um contrato se a negociação decisiva corre o risco de fracassar. Sem se dar conta, ao disparar uma, duas, três vezes sua câmara instantânea contra as minhas costas, o dramaturgo chinês me ofertava seu último presente: a forma de pagamento que saldava seu inexplicável tributo.

Na realidade foi o penúltimo. O verdadeiramente último, o que dele ficaria comigo uma vez que ambos tivéssemos desaparecido da vida um do outro, no meu caso para sempre, no seu, segundo me disse, "até que os desígnios de Bouthemy voltem a nos reunir", foi um cheque que descontei em um pequeno banco holandês na manhã em que, livre, me reintegrei por fim ao mundo. Ele tinha deixado para mim antes de ir, enquanto eu fingia dormir para evitar a despedida, em cima da pilhinha de livros que como sempre tinha escolhido na noite anterior para mim e que eu, como sempre, tinha ignorado. Na noite anterior havia faltado luz, tínhamos comido em silêncio e mastigado lentamente, compassados pelo crepitar de duas velas coloridas. Um luto altivo parecia, se isso era possível, refinar ainda mais a elegância de seus gestos. Olhei-o misturar a salada: que arte havia nessa paciência! Ou melhor: quantas artes diferentes lhe inspiravam, cada uma, sua precisão, sua leveza, seu sagrado respeito! Foi tão extraordinário que a dor, por um momento, desbotou a euforia da minha próxima liberação. Não me atrevi a comer (temia que provar esse preparado primoroso me convertesse em seu escravo para sempre), e a minha recusa, despojando-a de conclusões, fez da sua parcimônia o cúmulo do artístico. Depois do chá, o dramaturgo chinês se despiu na sombra e deslizou no edredom que lhe servia de cama. O pudor era tão intenso que a cidade, lá fora, parecia ter suspendido todos os seus movimentos. Eu lavei os pratos. Quando terminei, ele já estava dormindo.

## V

    Tinha dinheiro no bolso, Tellas chegava ao meio-dia. O céu era de um azul recém-restaurado, perfeito e resplandecente, e um calor precoce penetrava o ar da manhã. Uma semana de reclusão, e já o inverno retrocedia diante do verão. A atmosfera me parecia tão irreal como a noite que cai sobre nós quando saímos de um cinema, duas horas depois de ter entrado, ainda vítimas dessa ilusão luminosa que era o mundo no momento em que nos tragou a sala escura. Se duas horas de chamas falsas ardendo em uma caverna nos condenam, quando recobramos a visão, a um puro estupor, então era provável que os meus sete dias de convalescença estendessem essa perplexidade ao universo inteiro. Fui me desfazendo dos casacos à medida que caminhava. Tudo me parecia intacto e limpo, sentia o privilégio de atravessar um lugar que ninguém tinha usado antes. Depois de vagar uma hora pelas ruas, me acostumando ao entusiasmo do verão, tive a impressão de que qualquer um teria sido capaz de reconhecer as pegadas que eu acabava de deixar na cidade. Tinha envelhecido. Se os meus olhos eram sensíveis somente à novidade, ao impacto do inesperado, devia ser porque o tempo consumido pela doença, e a reabilitação, havia levado consigo meses, anos, a escória de eras inteiras, e com eles todos os mundos conhecidos. Tinha envelhecido tão inadvertidamente como em um sonho, voltar atrás era impossível. Talvez por isso havia, na felicidade que me embargava, não ensombrecendo-a mas, de algum modo, umidecendo-a, uma espécie de palpitação angustiada, algo parecido com um choro daquele que já não podia escutar os sobressaltos. Tinha envelhecido. Caminhava encurvado, como sempre, mas já não resistia às imposições do esporão. Obedecia-as com um prazer inédito, como se essa submissão me eximisse de um peso indesejado. Mais tarde, quando tramava a baldeação de metrôs que me levaria ao aeroporto, descobri dois exemplares do meu livro na vitrine de uma livraria. Repentina e banal, uma superstição me convidou a entrar, a pedi-lo, a me demorar um pouco folheando-o diante da vendedora, mas já não me restava tempo.

Levei alguns segundos para reconhecer Tellas. Quinze dias sem vê-la bastavam para convertê-la em uma incógnita. Do salão de entrega de bagagem, uma mulher veemente e redonda agitava os braços como uma ginasta. Era ela? Era eu, para ela? Estávamos muito longe um do outro para ter certeza. E se era ela também não havia razão para pensar que cumprimentava a mim; era evidente que dedicava esses acenos a um destinatário difuso, anônimo, que *podia* me incluir sim, como lhe havia prometido, tinha ido buscá-la, mas que, superando-me em número, apagando minha identidade na incerteza da sua composição, podia também prescindir de mim caso eu tivesse quebrado a minha palavra. "Saudações", parecia me dizer à contraluz com sua coreografia aeronáutica, "mas se não está aí cumprimento qualquer um." Caminhou até o *scanner* arrastando umas sapatilhas pelos quadrados brancos e pretos, desabotoadas, e então não tive dúvidas. Tinha cortado o cabelo e mudado a cor, que já não era da cor de cobre e sim preto, e o vermelho dos lábios tremia sobre o fundo claro de seu rosto como um holograma a ponto de extinguir-se. A vi falar um longo tempo com um oficial uniformizado, que escutava pacientemente suas explicações e seguia cada um de seus gestos como um cartaz indicador. Tellas foi persuasiva ou só insuportável; o oficial assentiu várias vezes sorrindo, revistou por alto sua sacola e sua carteira e lhe fez sinais para que seguisse em frente. Tellas agradeceu, recuperou suas coisas e evitou a entrada do *scanner* com um passo desafiante. Como estava bonita, com que ast felicidade essa beleza tinha se esquecido da obrigação de agradar. Descobri duas coisas ao mesmo tempo: quanto a amava, que pouco ela necessitava do mundo. Abracei-a, uma onda de perfume me estonteou enquanto reclinava minha cabeça no vão do seu ombro. Não cheirava a uma flor nem a uma planta, mas sim a algo vagamente comestível, a um desses sabores rústicos dos quais ninguém diria jamais que eram perfumes, e era esse equívoco dos sentidos, muito mais que a intensidade do aroma ou de seu caráter, o que verdadeiramente me embriagava. "Baunilha", me sussurou Tellas, deixando cair no carrinho a sacola e duas malas idênticas, revestidas de zebra sintética.

Ao que parece tudo havia dado certo. Londres a tinha desintoxicado de Paris, tinha respirado outra vez, um rubor saudável voltava a banhar-lhe as sardas do rosto. Acariciou o meu esporão por baixo da camisa. "Quase compro para você um gorrinho para o cabide. Um gorrinho, bah", se corrigiu: "na realidade era como uma meia de lã, ou, mais que uma meia, uma espécie de luva de um dedo só, elástica, capaz de se adaptar a qualquer tamanho". "Afinal, o que aconteceu com Burkina?", perguntei a ela, pensando na cena do *scanner* que não tinha visto e que agora se projetava, terrível, contra o fundo dos meus olhos: Tellas tremendo, o oficial esvaziando a sacola no balcão de alumínio, Tellas improvisando um protesto, as mãos do oficial abrindo o estojo do lápis delineador, o estojo sem o lápis delineador, o estojo carregado de pequenas pedras marrom-escuras, Tellas balbuciando sua surpresa em castelhano, Tellas detida. Tellas escutou *Burkina* e me olhou com um desânimo sonolento, como se a tivesse interrompido com uma preocupação inexplicavelmente pessoal. "Burkina?", repetiu atrás de uma cortina de névoa. "Por que se recusou então a passar pelo *scanner*?", disse eu. "Ah, você me viu... Por causa da radiação... Onde você estava? Te procurei, te procurei... Fiz sinais para você, você estava me vendo? Dali é mais difícil, as pessoas se parecem demais. Como são muitas e se cumprimentam todas ao mesmo tempo... Você está mais magro ou é impressão minha?"

Contei-lhe tudo. Falei durante uma hora, em um longo e único parágrafo que nem sequer interrompi para parar para respirar, com a mesma compulsão com que o náufrago inunda de histórias o seu salvador para provar a si mesmo que aconteceram e para ensaiar, uma vez mais, a única ordem na qual não parecem inverossímeis. Tellas não abriu a boca. (Falar era, para ela, uma emergência ou um êxtase frívolo, nunca uma retribuição.) Franziu as sobrancelhas, segurou a cabeça, mordiscou seu lábio inferior, parou, perplexa, para ir ao banheiro, e cinco minutos mais tarde, quando voltou a se sentar, sua perplexidade estava intacta. Teve pena, colocou uma mão sobre as minhas, me beliscou, seus olhos se umideceram, pensou com gratidão no dramaturgo chinês, abominou os irlandeses, afundou o rosto nas palmas das mãos – mas não abriu a boca. Sua única claudicação, já sobre o final, no momento em que eu me detinha no exíguo inventário de nossos bens, foi dizer: "Tudo?", e opor esse assombro à confissão de que os irlandeses haviam *nos* depenado. "Minhas coisas também?", perguntou. Nunca se dava por vencida; cada pergunta era para ela uma nova oportunidade de corrigir o passado. "Tudo", eu disse. Tellas franziu a boca, desconfiou do seu capuccino bebendo um golinho da colher e permaneceu uns instantes olhando o vazio, algum ponto localizado entre a minha axila e a ponta da mesa do bar do aeroporto. "Bom", disse por fim, com uma seriedade quase clínica, "depois de tudo, nada do que comprei teria durado muito. Neste ritmo", e seus olhos desprovidos de pintura desceram, como que envergonhados, pelo seu peito e seu ventre, "não mais de um mês."

Foi como se Tellas desatasse em mim um mecanismo secreto de emergência. Durante um segundo, todas as minhas funções vitais ficaram em suspenso exceto uma, que multiplicou sua atividade de um modo desaforado. Não vi, não ouvi, não pensei nada: só *calculava*. Datas, e ocasiões, e coincidências se atropelavam em uma correria frenética. Quando tínhamos feito amor pela última vez? Há quanto tempo estava Tellas atrasada? O que tinha acontecido entre o nosso último encontro sexual e o momento de confirmar a gravidez? Contei mentalmente os dias que Tellas havia passado em Londres. Eram muitos, incalculáveis, e cada dia ramificava suas horas em uma gama de conjecturas atrozes. Multiplicava os dias pelas horas e depois, como um escrupuloso racionador de ignomínias, dividia o resultado pela quantidade de *house-mates* que Tellas tinha me apresentado por telefone. Cinco horas e moedas para cada um. Cinco horas e moedas para Hanif, outro tanto para Sarquis, o mesmo para Abbi... E esses eram apenas os candidatos *declarados*! Tellas não tinha marcado no fax uma quinzena? Então riscava sete, anotava quinze, e uma nuvem brilhante se punha a flutuar ao redor dessa cifra, uma auréola que a convertia no emblema de uma mágica catástrofe. Era um paradoxo: com quinze se reduzia consideravelmente o período de intimidade (de cinco horas e pouco a duas vírgula quatro), mas não o meu terror, que aumentava na proporção do número dos meus hipotéticos rivais. Minha imaginação (porque é assim que trabalha o monstro da dúvida) tornou-se tão permeável quanto uma camada de areia. Então todas as horas foram a hora e todos os homens o homem. Vi o pintor amigo de Tellas irromper no quadro das minhas suspeitas (o que fazia em Londres? Não tinham-no contratado para restaurar os afrescos de uma igreja do sul da França?) e sujar de pintura um lado da lente com a ponta de seus dedos imensos; vi o jovem médico no fundo de um fotograma que a minha imprudência tinha descartado: camuflada entre sombras, sua pose profisssional receitava um medicamento, mas sua mão languescia, em um avanço amoroso. Até os rostos familiares de Bouthemy, do dramaturgo chinês, passaram ondulando sob essa onda de pesadelo, desencadeadas pela risada! Depois me surpreendeu Londres, seu gigantesco teatro de enganos. As ruas, as horas do dia, os costumes locais, tudo existia unicamente para propiciar escaramuças clandestinas, como esse cenário de *vaudevillle* que só permanece em pé o tempo que as intrigas adúlteras levam para florescer por trás de suas portas, entre seus cortinados, em cima de suas camas. Por que, se eu não conhecia os rostos de Hanif, de Abbi, de Sarquis, ainda assim os via se reproduzirem sobre as paredes da cidade em uma série infinita? Por que reconhecia Hanif nesse motorista de táxi que acabava de brecar bruscamente perto de Tellas sob uma chuva torrencial sem que ela lhe tivesse feito nenhum sinal, talvez atraído pelas nervuras cinza de seu impermeável de imitação de pele de cobra? Era ele, sem dúvida; era sua a dupla cobiça que ardeu em seus olhos quando Tellas, indefesa, espirrando água no banco traseiro, lhe confessou que não conhecia a cidade e que estava perdida, e quando ele, ligando o taxímetro, se ofereceu para mostrá-la. E Abbi, não se encaixava perfeitamente nesse uniforme de empregado da Victoria Station? Sorria de soslaio para a câmara, a luz às vezes batia contra o marfim amarelo dos seus dentes e desaparecia, outras vezes, nas cavernas dos que tinha perdido. Detectou Tellas descendo do trem, puxada por malas que pareciam cachorros, e em menos de dez segundos atravessou a plataforma e a convenceu a confiar-lhe sua bagagem.

*Wasabi*

E Sarquis, como Sarquis aproveitava o cargo de caixa de banco para entrelaçar seus dedos sujos com os de Tellas, amparado na promessa de uma cotação mais favorável! Quanto a Arshes, a profissão, a idade, e o estado dos seus dentes tornavam-se detalhes menores, como obrigações anacrônicas que um romance ousado deixaria de fora fechando-lhes a porta na cara. Tellas tropeçou com ele (ele procurou fazer passar sua ávida deliberação por um *tropeção*) nos corredores de um museu ou no metrô, enquanto tentava em vão, domesticar um mapa descomunal da cidade. A vi, a vi! Protagonizava um tipo de epopéia acrobática: um metro e sessenta e um de estatura lutando desesperadamente contra dois metros quadrados de cartografia londrina. Quem poderia resistir a essa tibieza? Se eu, para quem esses saltos já faziam parte de uma comédia doméstica teria sucumbido aos seus encantos em questão de segundos, o que não teria acontecido com Hanif, com Abbi, com Sarquis, párias desterrados em uma cidade injusta, almas penadas acostumadas a sofrer, a não esperar outra coisa a não ser o desdém, sobras, leis desfavoráveis, ao colidir, em meio ao desamparo, com o planeta Tellas? Um torvelinho me arrebatou e perdi o pé: cada um desses poros nos quais me afundava deixava entrever o pior dos mundos possíveis. Eu era Hanif, era Abbi, era Sarquis; como eles, eu reduzia a marcha e continha a respiração ao descobrir Tellas, e tropeçava sobre a calçada úmida por causa de suas bochechas avermelhadas, e deixava que o meu trem escapasse para me aproximar dela, e postergava um dia de compromissos urgentes com a condição de lutar ao seu lado com esse monstro desdobrável, estampado de ruas, de parques e de monumentos públicos. Não estive ali, perto dela, mas o inferno poroso da minha imaginação, remediando agora essa desgraça, projetava a série de momentos perdidos em slides hiper-realistas. Podia ver tudo, desde o céu pálido que pairava sobre a cidade até a placa de um automóvel (um Minicooper da Leeds, imagino), no Hyde Park visto de cima, com seu gramado impecável, somente ultrajado pelas sombras de duas cerejeiras japonesas, até o triângulo escaleno que três sardas novas acabavam de tatuar sobre o ombro direito de Tellas – e tudo isso, o enorme e o ínfimo, o incomensurável e o reduzidíssimo, eu podia ver simultaneamente, como se o olho facetado da minha memória (dessa memória dolente que evoca tudo o que o ser amado viveu sem nós) irradiasse em uma tela única os três, os cinco, os dez rostos diferentes de uma mesma cena, não sucessivas mas coexistentes, e com a sua faceta telescópica seguisse passo a passo o trajeto de Tellas por essa paisagem da qual eu estava ausente, ausente para sempre. Só há uma arte das segundas oportunidades, e essa arte é a melancolia, que só as concede sob a condição de que já seja tarde demais para aproveitá-las. Quanto mais eu me aproximava da vida de Tellas durante sua estadia londrina, mais essa vida se distanciava de mim, capturada entre as dobras do tempo; quanto mais intuía as armadilhas que cortavam a passagem, as traições que a tentavam, interceptando seu caminho e sobressaltando-a, quase asmática de felicidade sob o seu cachecol, mais irrevogáveis tornavam-se o seu destino e o meu. Pensei compreender. Se podia ver tudo, era precisamente porque tinha envelhecido. Tinha perdido tempo. Os dois ou três centímetros de vida que pulsavam no ventre de Tellas eram a medida exata da minha perda.

Eu dava voltas, tonto de ciúmes, nesse outro tempo onde transcorrem as fraudes e o engano crava os seus dentes fatídicos. Estava absorto nas pegadas que Tellas ia deixando sobre as calçadas de Londres, quando entre os escombros da traição reconstruída apareceu uma palavra. *Wasabi. Wasabi.* Era um Sarquis de olhos rasgados que a pronunciava? Conhecendo Tellas, era fácil imaginá-la absorta em um menu japonês, entregando-se com um garçom lascivo a essa gramática alimentícia à qual podia dedicar horas inteiras, inclusive até a hora do restaurante fechar ou até perder a fome completamente. E no entanto essa palavra chegava longínqua, ensurdecida pela distância que tinha que atravessar, como um asteróide que depois de viajar milhões de anos-luz vai a pique, exausto, sobre a terra. *Wasabi. Wasabi.* Não vinha dali, desse outro mundo, mas sim da mulher tranqüila e radiante que estava sentada na minha frente, no bar do aeroporto, apalpando a barriga com as duas mãos e me olhando com olhos pacientes. "O que foi?", falei, e mecanicamente mexi o fundo da xícara entupido de cinzas, de açúcar, de fibras de tabaco. "Que estranho: passaram-se menos de sete minutos. Ficou mais curto seu sono?" "Me deixou." "Viu como era a diferença de horário?", disse ela, com um tom triunfal, e depois, sorrindo, sua voz perdeu um pouco de altura e acrescentou: "É provisório, mas é justo, não?" "É justo o quê?", perguntei irritado, como se me tivessem acordado em plena noite por causa de um alarme falso. "Chamá-lo Wasabi", disse ela, "vai ver o fizemos uma vez em que tomamos a pomada. E além disso é perfeito: não é nem de menina nem de menino."

Tellas tinha decidido voltar para Buenos Aires, mas voltar imediatamente. Não me opus, e ela também não fez nenhuma objeção quando eu lhe disse que não poderia acompanhá-la. "Espero que Kosinsky valha a pena", comentou com um descaso risonho, envolta nesse irremediável ar estrangeiro que com certeza a envolveria durante os próximos meses e, talvez, o resto da sua vida. "Klossowski, Saint-Nazaire, Bouthemy...", expliquei embora não fosse necessário: "Ainda tenho que lançar o livro, e não queria ser grosseiro. São só uns dias". O empregado da companhia aérea olhou para nós consternado, ainda que não o suficiente para congelar o tic que o obrigava a piscar um olho só a cada dois segundos. E pretendíamos viajar assim, sem ter confirmado o lugar com quarenta e oito horas de antecedência? "É uma emergência", falei. E Tellas, no seu inglês perfeito, acrescentou: "Estou grávida". "Parabéns", ele respondeu com um sorriso desconfiado. Tellas aproveitou essa farsa fugaz de emoção e lhe dirigiu o golpe de misericórdia: uma folha de papel timbrado de um hospital britânico e uma palavra, *positive*, que resumia complexas mutações celulares. "Vocês estão com sorte", disse o empregado, devolvendo-a depois de ter dedicado uma leitura que passou do receio à vergonha, e daí a um rubor escarlate. "O aparelho não está lotado. Não fumante, certo?"

Será a mesma coisa ser famosa e estar grávida? Tellas adorava, sobretudo, esse instante de magia súbita na qual o mundo se ajoelhava diante dos seus caprichos como diante de privilégios reais. O avião saía em quatro horas. Ela, invocando a fragilidade do seu estado, não quis se expor aos riscos de um último passeio pela cidade. Mudamos de bar; nos deixamos cair ao lado de uma mesa solitária onde o rumor do aeroporto agonizava em uma espuma adormecedora. Depois foi difícil continuar falando. A tarde se perdia em uma trilha de reticências. Não podíamos fazer nada a não ser esperar; as quatro horas que se aproximavam seriam um simulacro à escala dos nove meses que tínhamos pela frente. E tudo teria continuado assim, encaminhando-se até o seu sóbrio destino de languidez, a não ser pelo malentendido fisionômico de uma aeromoça míope. Inesperadamente, Tellas soltou um "ah", delicioso erro tipográfico na página pontilhada, e ao fim de uma rápida escavação, que serviu para converter a mesa do bar em um mostruário de achados farmacológicos ("Não se preocupe, deixei de tomar assim que soube que estava grávida") , tirou de sua bolsa uma página de jornal dobrada em quatro e me deu. Era do *Le Monde*. No avião, atribuindo a elegância de Tellas a uma suposta nacionalidade francesa, a aeromoça tinha deixado cair o exemplar sobre o seu colo enquanto mexia entre as fileiras de assentos a lâmina perigosa de seus quadris. Como seria sua miopia, como a certeza de seu erro, que nem sequer lhe ofereceu as páginas do *Times*, a outra opção de entretenimento bilíngüe do vôo. Tellas não reclamou: entre um aborrecimento transparente e outro ilegível, escolheu o segundo. "Não tem jeito", disse, "o francês não é para mim. Mas encontrei isso. Pensei que poderia te interessar." No pé da página, um quadro enumerava as atividades do dia no Salon du Livre. Dei uma olhada nesse resumo de tédios com deferência, apenas recompensado pelos nomes pomposos das salas em que se celebrariam, mas quando cheguei ao final meu coração ameaçou parar de uma vez. *Au delà de l'écrit, le tableau?*, rezava um título presunçoso. E o subtítulo em itálico – *Rencontre avec Pierre Klossowski* – terminou de martelar o prego que acabava de afundar na minha alma. "Ah, sim, obrigado", disse, e dobrei a folha novamente e guardei-a rapidamente em um bolso, como que me antecipando a qualquer arrependimento. Não sei por que dissimulei a comoção, o entusiasmo que essas duas linhas me provocaram; o que Tellas viu (minha cabeça assentindo, a flagrante queda de saliva pela garganta, o gesto com que aprendi a pentear uma mecha de cabelo que ela mesma podara, e para sempre, dois anos atrás), o que sentiu (as súbitas vibrações da minha perna direita sob a mesa), foram apenas dez por cento do que o meu coração me teria levado a fazer se ela não estivesse ali para presenciar. Acho, inclusive, que ouvir dos seus lábios o nome do co-autor da minha afronta, o nome da sombra que nesse outro tempo emparelhava as pegadas dos seus passos com as que iam imprimindo sobre a neve os pés sublimes de Tellas, acho que uma confissão como essa não teria me perturbado tanto como a ressurreição de Klossowski. Porque, na verdade, até esse momento Klossowski estava morto. Tinham-no deixado morrer a arbitrariedade do meu plano, o infeliz desenlace das minhas poucas gestões, a desídia, um zelador que tinha praticado boxe, meus amigos irlandeses, o desamparo e a doença, a desesperança. Estava morto, isto é: em perfeito estado de saúde, vivendo longe de mim e principalmente longe dos cenários góticos nos quais o meu delírio, antes de desmaiar, o havia matado, uma e outra vez, mudando os instrumentos da execução mas não a sua enfurecida violência.

O encontro público com Klossowski estava marcado para às oito da noite, o vôo de Tellas saía às oito e meia. Um embarque antecipado me deixaria apenas meia hora para chegar à cidade. Ainda eram só quatro horas; duas agulhas com formas de pernas e meias de renda bocejaram do pulso do garçom quando ele se aproximou para limpar a nossa mesa. Fizemos um novo pedido. Um estranho vazio se amontoou no fundo do meu estômago. Já era tarde, inclusive, para esperar. Klossowski tinha ressucitado, o demônio da impaciência começava a mordiscar os tornozelos das horas. Teria dado tudo o que tinha (o pouco que me restava do legado do dramaturgo chinês) por um contratempo, uma dificuldade, algo imprevisto que nos entretivesse até que chegasse a hora de nos despedirmos. Imaginei um atentado terrorista, longe, bem longe do nosso bar e sem vítimas, alguma complicada sabotagem técnica que o pessoal especializado resolveria meia hora antes da saída do avião para Buenos Aires; sonhei com uma tempestade instantânea que escurecia o céu e obrigava a suspender todo o movimento aéreo por tempo indeterminado, enredando-nos em uma incerteza que só se dissiparia no último momento. Mas a única sabotagem técnica que padecemos foi a seqüência de *reggaes* que floresceram ao entardecer; lá fora um sol primaveril brilhava desavergonhadamente. Arrasamos com a música, perambulamos pelo aeroporto duplicados pelo espelho do chão, folheamos revistas em pé perto dos mostruários giratórios, fomos ao banheiro um de cada vez, subimos e descemos escadas rolantes que não levavam a parte alguma, estudamos horários de ônibus que não pegaríamos, brincamos de detectar viajantes argentinos à distância. Quis comprar-lhe um perfume. Ela não aceitou, e o mesmo gesto serviu para ela recusar e me agradecer. Não queria me deixar sem dinheiro; por outro lado, tinha ainda algumas libras que pensava esbanjar pouco antes de subir no avião. Cada vez que Wasabi irrompia na conversa (não irrompia: leve, quase invisível, *pousava* como uma mariposa sobre nossas palavras, tingindo-as de prateado com seu pó indelével, e permanecia ali, quieto, agitando o ar com seu vôo imperceptível, sem impor nem exigir nada), Tellas e eu íamos emudecendo lentamente, como se ficássemos sem forças. Me invadia, junto com a impaciência, uma espécie de desolação. Precisaria muito mais que quatro horas para dizer tudo o que tinha que dizer ou, no pior dos casos, para ficar em silêncio e não pensar em outra coisa. Era uma façanha humilhante, como comprimir em duas laudas, a ferro e fogo, um romance que se estendia ao longo de centenas de páginas. E além do mais havia Klossowski. Era a minha chance: me diziam o sangue, o tique-taque febril das têmporas; me confirmavam essa espécie de sufoco com o qual previa a confabulação, em um ponto extremo de efervescência, de todas aquelas coordenadas mágicas: Klossowski, eu, o Salon du Livre, às oito da noite... Mas a minha chance para quê? Como um desses cândidos da literatura de espionagem, que sem saber transportam armas microscópicas no interior de *souvenirs* inofensivos, Tellas tinha repatriado em um vulgar resíduo jornalístico um espectro que me parecia de outra época, quase de outra vida. Mas o espectro estava nu, e no seu peito de tísico já não estava o branco de papel que eu tinha lhe cravado com alfinetes para mostrar pontaria. Se já não me propunha a matá-lo, queria lhe pedir perdão? Imploraria, me apresentando diante dele como um lamentável fanático, que me cedesse um dos seus desenhos para ilustrar a capa de um livro? É curiosa a exitação que pode despertar uma oportunidade abstrata, sem dilemas precisos nem promessas visíveis, somente pela influência que a sua capacidade combinatória exerce. Mas era essa exitação, o formigamento desumano que percorria o meu corpo, o que corroía todo o imediato. Uma atração insidiosa me distanciava do bar, de Tellas, do aeroporto, inclusive do Wasabi (da sua revelação de felicidade, da horda de suspeitas que a obscureciam); levantava vôo, levitando suavemente, como um globo que, atraído pelo seu verdadeiro dono se desprende dos dedos de um usurpador e empreende a viagem até o seu verdadeiro destino, e tudo começava a crepitar em uma grande contração tridimensional. Até que o fio da atração chegava ao limite do seu alcance e um puxão seco interrompia minha subida, e durante alguns segundos meu corpo permanecia flutuando no ar, suspenso sobre a mesa na qual Tellas estilhaçava palitos de fósforos, como um astro tímido, assustado com a mudança de órbita na qual o embarcou um escuro movimento cósmico, e depois, com uma mistura de indignação e vergonha, voltava a descer, voltava a ocupar o meu lugar na cadeira, voltava ao pânico do presente. Era insuportável. Era insuportável, além do mais, porque a impaciência, esse veneno que a oportunidade inocula em uma única mordida casual, acendia o meu amor por Tellas com uma intensidade que nunca tinha sentido antes. Amava-a de uma maneira cega, amava-a organicamente, com uma espécie de paixão contínua, sem qualidades e sem defeitos, pura quantidade de amor que o passar dos minutos empurrava até a combustão. Tanto a amava que só queria afastar-me dela, esquecê-la. Talvez essa fosse a oportunidade que Tellas me concedia, codificada no boxe da página de um jornal. Às sete em ponto (duas pernas com meias de malha abertas em um ângulo de bailarina extenuada) falei para ela que ia embora. Nos levantamos e começamos a andar até a saída. Abracei-a (me pareceu que o seu corpo inteiro cabia dentro de mim); nunca os meus braços tinham-na sentido tão portátil, tão fofa. Sabia que uma vez que nos despedíssemos ela não se viraria. (Apareceu, como um relâmpago, a imagem repetida da sua nuca através da janela traseira de um táxi que se afastava, e meus olhos que a seguiam, obstinados, sem se resignarem a uma nova decepção.) De maneira que fui eu quem virou as costas. Mais uma vez, tinha trapaceado. Já lá fora, na calçada do aeroporto, me detive e olhei para dentro procurando-a. Um pouco abertos, os pés de Tellas seguiam uma direção misteriosa; o corpo os acompanhava um pouco atrasado, com lentidão, como se já começassem a lhe pesar os dois corações, os dois sexos que carregava dentro de si.

# VI

De volta à cidade me peguei pensando em Zenón. Viajava na linha B3 do RER; um trêmulo dedo indicador, aplicado como o de uma criança, verificava no mapa a direção do percurso. Tinha tempo de sobra, mas à medida que o trem se aproximava de Châtelet-Les Halles, onde eu devia descer para pegar uma conexão, me parecia que a velocidade diminuía proporcionalmente, como se o trem, em vez de produzir um movimento constante, tivesse sofrido um só impulso inicial no aeroporto e viajasse graças ao aproveitamento da inércia. A parada na Gare du Nord foi um verdadeiro tormento. As plataformas estavam repletas de gente, as pessoas não terminavam nunca de afluir aos vagões e os alto-falantes da estação emitiam avisos confusos, na metade do caminho entre a advertência do fechamento das portas e o aviso de uma demora inesperada. Era difícil distinguir alguma coisa; fervia, no vagão, essa desmedida jovialidade à qual inexplicavelmente se abandonam os passageiros que acabam de entrar, e os ouvidos do meu companheiro de banco, tapados por um par de fones de ouvido, emitiam cicios ameaçadores como afiadas lâminas de tesoura. Pensei em Zenón: uma túnica cheia de pregas, uma cara cheia de rugas. Esse filósofo da impaciência não o seria também da velhice? Descobrir as distâncias que jazem invisíveis na distância entre dois pontos me parecia um triunfo do meu envelhecimento, uma espécie de faculdade nova que só se manifestava depois de ter deixado para trás a juventude. Buscava evidências de movimento nas paredes desse subsolo tenebroso, mas os tubos fluorescentes que pontuavam a escuridão aumentavam a minha desconfiança. Eram idênticos, apareciam com uma pontualidade infalível: quem poderia me convencer de que não eram dois, sempre os mesmos, e de que o trem não mordia a sua cauda em um sem-fim? Vi, no reflexo da minha cara na janela, a expressão extasiada de um velho menino que descobria os paradoxos da velocidade. Viajava para algum balneário no banco de trás de um automóvel, e os seus olhos se gastavam cobiçando, ao longo de oito horas, o espetáculo das rodas dos carros que passavam na frente do seu. Os dois círculos cromados giravam tão rápido que em certo momento pareciam ficar imóveis, dando voltas no vazio, até que, arrependidos, se punham a girar ao contrário. E no entanto os carros passavam, passavam sem parar, lançados como flechas para a frente, e uma vez que tinham desaparecido da sua vista os olhos do menino continuavam vendo esses dois círculos ao seu lado, duas rodas órfãs dando voltas para trás como alucinações de um entardecer na estrada. O trem começou a brecar, um estrépido de facas entrecruzadas tremeu sob as solas dos meus pés e dissipou essa cara lisa de menino. Então me levantei com um impulso brusco, premeditado, e tive a impressão de que todos os meus companheiros de viagem saíam por um instante do seu ensimesmamento e me olhavam em uníssono, estupefatos, como um grupo de testemunhas olha o primeiro passo que o suicida dá em direção ao seu abismo. Um estranho receio correu pelo vagão, enquanto o rangido da brecada se suavizava em um lamento. Não me mexi; não poderia me mexer sem arremeter com os cotovelos contra os meus vizinhos, e inclusive nesse caso não chegaria muito longe, tão compacto era o mar de gente que me rodeava. De modo que fiquei assim, parado no mesmo lugar, procurando no ar um corrimão inexistente e impedindo que outro viajante (essas duas velhas gêmeas, esse soldado com uma verruga vermelha na pálpebra) ocupasse o banco que acabava de liberar. Logo o receio degenerou em uma indignação de murmúrios, de estalidos, de sobrancelhas circunflexas. Um espontâneo tribunal popular estava se formando, propiciado pelo calor e pela falta de ar, quando o gemido dos freios se dissolveu em uma grande expiração, as trevas do subsolo se inundaram de luz, e o trem estacionou junto à plataforma.

Quantas vezes perdi o rumo em Châtelet-Les Halles? Quantas vezes confundi cartazes luminosos, fui repelido por catracas insubornáveis, deslizei bilhetes esperançosos em fendas erradas? A essa hora (sete e trinta e três, hora da chegada, sete e cinqüenta e cinco, hora em que as portas de um implorado trem – *direction* Pont de Neuilly – quase me amputam um braço, tudo segundo o sarcasmo digital com que os relógios tornavam público o meu desespero), a estação era um fervilhar de cores locais. Uma e outra vez, até me render, interroguei os mapas colados nas paredes, e os itinerários luminosos que tracei, teclando como um disléxico os botões, sempre ignoraram o meu destino. Com a minha melhor cara de turista – uma trabalhosa combinação de decência e inofensividade – interceptei a marcha de escriturários, de rastafáris, de estudantes, e despejei sobre eles meu drama, e aceitei o desdém sem me rebelar, a esmola incompreensível que me deram. Os policiais estavam ocupados demais pedindo documentos e revistando, os músicos de rua subindo o volume de suas caixas de som, os empregados do transporte aperfeiçoando suas caretas xenófobas. Subi e desci escadas rolantes (mas será possível que de cada cinco que eu pegava três, pelo menos, estivessem enguiçadas?), me deixei levar, idiota de felicidade, por esteiras rolantes enganosas, investiguei todas as passagens sem saída, segui os passos de meia dúzia de viajantes com o palpite de que iam na mesma direção que eu, e só me separei deles no último momento, quando descobri que os trens em que acabavam de subir extinguiam-se sem escalas em subúrbios mesquinhos, não nos tapetes da Salon du Livre. Não sei quantas vezes me perdi (mas alguém – com certeza – anotou, alguém que estremecido de hilaridade documentou os meus vai-véns com sua câmara onisciente. E esse alguém cruzará comigo alguma vez, em um beco de Buenos Aires ou onde for, sempre que haja pouca luz e poucas testemunhas por perto, e tirará do bolso do seu sobretudo um cartão sujo e me dará, e sua voz circunspecta me aconselhará que não deixe de chamá-lo se quiser recuperar *algo* que poderia me comprometer); não sei nem como cheguei, fugitivo e aos saltos, a essa plataforma semideserta onde me deslumbraram paredes azulejadas: no cartaz, que consegui ler enquanto ouvia com espanto o sinal de fechamento das portas, uma incipiente calvície começava a apagar os enes de Pont de Neuilly.

A alegria durou pouco: apenas duas estações e meia – escala topográfica da impaciência – e cinco minutos – escala cronológica –, segundo o relógio de pulso que o passageiro que viajava ao meu lado usou para acender um resto chamuscado de cigarro. Acabávamos de deixar para trás as plataformas egípcias da estação do Louvre quando o trem, misteriosamente, ficou na escuridão. Logo nos rodearam vozes alarmadas, ordens, raios de lanternas enérgicas, uma agitação de catástrofe. Abriram as portas para fora, forçando-as com a ajuda de pás e picaretas, e uma patrulha de resgate munida de capacetes luminosos nos obrigou a desocupar o vagão em perfeita ordem. Tinham colocado uma bomba no Jardin des Tuileries, a linha estava interrompida. "*Sacrés Situationnistes...*", ouvi que amaldiçoava o viajante do relógio-isqueiro enquanto formávamos uma fila no túnel, perto do trem vazio, escoltados pelos membros da patrulha. Não houve cenas de pânico, ninguém desmaiou, a valentia e a disciplina foram irreprováveis com exceção da afobação de um único passageiro. Teria sido fácil identificá-lo: altura média, francês com sotaque escolar e estrangeiro, olhos fora de órbita por causa da urgência, e uma estranha protuberância avolumando a base da nuca. Tentou, quando a sua fila subia as escadas de ferro que o levaria ao ar livre, ultrapassar a mulher manca que o precedia, irritado pela lentidão com que colocava a plataforma ortopédica em cada degrau. A manobra, felizmente, não teve conseqüências. Fora essa indignidade, a operação foi um verdadeiro sucesso: em menos de vinte e cinco minutos o contingente completo de passageiros estava são e salvo na rua.

Indignidade! Menos de vinte e cinco minutos! Nada enlouquece tanto o impaciente quanto a serenidade alheia, e não há emergência no mundo capaz de reverter essa lei. Quis me adiantar, sim, mas não só porque sua parcimônia de inválida me exasperava, mas também porque estava farto de que machucasse os nós dos meus dedos com o peso da sua grosseira botina corretiva. Se eu estava atrasado, ela não tinha pressa alguma (muito pelo contrário:

devia saborear com lentidão cada detalhe dessa aventura que dava, finalmente, um sentido aos seus dias tediosos, e se perdia tempo para dar cada passo era porque já o estava armazenando, inclusive antes de dá-lo, no terreno baldio de sua memória, de onde mais tarde extrairia as crônicas com que manteria na linha seis ou sete netos selvagens). Por que eu não deveria me adiantar? Sãos e salvos na rua! Era a rua esse caos de labaredas, de escombros de árvores e de monumentos, de carros de bombeiros e patrulhas policiais, de automóveis encalhados, de negras nuvens tóxicas com cheiro de eucalipto? Além do mais, nunca me senti menos são, menos a salvo do que quando mostrei a cabeça pelo vão do bueiro (um primeiro plano terrível do pé, do pedestal que o sustentava, e em seguida a defeituosa corrida sincopada que os afastava de mim) e descobri que a rua me esperava com seu gigantesco programa de obstáculos.

Corri, corri, como se fosse perseguido pelo diabo, espreitando em cada esquina táxis que nunca chegaram. As aglomerações e a confusão prolongavam as quadras interminavelmente. Corri sem pensar (as minhas pernas só reconheciam a autoridade de suas próprias passadas), até que senti as batidas do meu coração nos pés, nos joelhos, em todos os ossos do corpo, e atravessei os grandes boulevares congestionados com os olhos fixos nos semáforos, cego a tudo o que não fosse a seqüência de incentivos verdes que me instavam a continuar, e na correria atropelei mulheres munidas de bolsas, anciãos à espera do ônibus, ciclistas, e me livrei de um enxame de insultos e de pancadas e continuei correndo, e quando a fachada do Petit Palais apareceu finalmente diante de mim, iluminada como um slide sobre a tela noturna do céu, minhas pernas empreenderam a sua arremetida final.

Para chegar até a bilheteria tinha que atravessar uma barreira de delegações escolares; uniformes condecorados de tinta, mãos e bochechas com vestígios de sorvete ou de chocolate quente saíram ao meu encalço com intensões dissuasivas. Evitei o cerco pulando por cima de uma tropa de aventais. Paguei minha entrada com um punhado de notas que não contei, não esperei a devolução, um enorme relógio em forma de livro, encadernado à antiga, me deu as boas-vindas. Oito e quarenta e três. Uma página, um minuto: essa era a média francesa em cronoleitura. Eu já estava na Salon du Livre, mas ninguém me esperava hasteando cartazes com o meu nome escrito, e não havia setas vermelhas que indicassem o caminho até Klossowski. Não tive outro remédio a não ser fazer uma escala em um dos balcões de informações, onde duas empregadas uniformizadas (duas curiosas aeromoças de biblioteca) mergulhavam referências bibliográficas em computadores. Perguntei, quase sem voz, pela conferência de Klossowski. Acostumada a decifrar um idioma exclusivo de nomes próprios, a aeromoça soletrou *Klossowski* no teclado ("Com ve ou com dáblio?" "Dois esses ou só um?" "I ou ipsilon?"), esperou quatro ou cinco segundos eternos e leu na tela o fruto orgulhoso do seu mergulho: *Klossowski, Pierre* (1905-). *La vocation suspendue* (1950). *Roberte ce soir* (1950). *La Révocation de l'édit de...* Gritei para ela que eu não estava procurando bibliografia (ela apenas arqueou suas sobrancelhas depiladas, como se estivesse na presença de um demente e não quisesse contrariá-lo), que queria saber onde acontecia, nesse exato momento, enquanto ela consumia as migalhas do meu tempo, o encontro público com Klossowski. Voltou a digitar, voltamos a esperar, dois dedos nefastos folhearam o livro intolerável dos minutos. "Salon des Événements", disse finalmente, e depois, a título de indicação, diagramou no ar um hábil plano de ruas, galerias, corredores, diagonais, e sua mão avançou e dobrou e subiu sem a menor hesitação, e quando chegou até a porta do Salon des Énvénements parou e disse com um tom impassível: "Era às oito. Se se apressar talvez chegue a tempo para o debate".

Cheguei, na realidade, a tempo para as desculpas. A sala estava lotada. No fundo, sobre um estrado que sobressaía a duras penas por cima das cabeças apinhadas nos corredores, uma espécie de mestre-de-cerimônias alegava razões de saúde e desculpava Klossowski por não dialogar com o público. Não especificou a saúde de quem, mas o vibrato comovido da sua voz soou tão convincente que o auditório o cobriu de aplausos enquanto se levantava em massa. Eu abria passagem entre as pessoas que procuravam a saída quando o vi, altíssimo, magro como uma espiga, no clarão que um grupo de cabeças acabava de abrir para mim. Levantando-se da sua cadeira com dificuldade, seus olhos assustados tratavam de deter a pequena legião de fanáticos que abandonava as primeiras filas e se dirigia até o estrado para recebê-lo. Vestia um escuro traje sacerdotal onde o seu corpo consumido parecia flutuar à deriva. Era ele, Klossowski, esse esquálido teólogo de olhos turvos e lábios que nunca deixavam de brilhar. Ele era Kieslowski, Korovski, Kosinsky: o último libertino vivo, condenado agora (e até o fim de seus dias) ao trabalho forçado de carregar sobre seus ombros o peso de suas próprias ruínas. Se mexia como um fantasma indeciso, tateando o ar e escavando uma mão sobre o punho curvo de uma bengala imaginária, escorado por duas muletas humanas. Uma, quase tão alta quanto ele, era o mestre-de-cerimônias, que com uma mão ia afastando cadeiras e com a outra sustentava-o pelo cotovelo. Da outra, apenas uma sombra, só se via o braço que o guiava suavemente pela cintura. Pensei que, se essa escolta retirasse seu apoio por um instante, Klossowski se evaporaria no ar como uma miragem. Nada mais se interpunha entre nós, nada exceto meia dúzia de metros que a minha ansiedade percorreu muito mais depressa que o meu corpo; o séquito de fiéis tinha decidido colocar-se ao pé do estrado, e o resto das pessoas tinha desocupado a sala. De modo que apressei o passo, encadeando mentalmente as frases com as quais o abordaria, e à medida que ia me aproximando os detalhes do segundo acompanhante, como que ampliados por uma lente de aumento, tornaram-se mais nítidos. Vi a mão aberta contra a cintura de Klossowski, vi o cigarro apagado entre os dedos, as unhas sedentas de sabão, o punho gasto de um sobretudo que tinha viajado demais, e pisquei e quando voltei a abrir os olhos, que continuavam viajando ao seu encontro sobre dois trilhos paralelos, esses míseros sinais particulares tinham passado a fazer parte de um corpo e assim, integrados em uma posição comum, repercutiram de repente na campainha adormecida da minha memória. Esse corpo oblíquo, esse jeito ilícito de se compor, como se mais do que acompanhar o passo frágil de Klossowski se escondesse atrás dele... Bouthemy!, gritou em algum ponto da minha garganta uma voz estupefata. Mas algum eco dessa revelação deve ter vazado para o exterior, porque Bouthemy e o mestre-de-cerimônias, absortos em coordenar o degrau do estrado com os pés duvidosos de Klossowski, viraram imediatamente suas cabeças na minha direção. Na verdade, não me viram; só responderam a um estímulo de rotina; em seguida, repreendidos pelo balançar de Klossowski, que se debatia na moldura do estrado, me abandonaram para supervisionar a segurança da descida. Os fiéis se atiraram sobre o seu deus. Me pareceu que sorria, como se colocar os pés sobre a terra fosse para ele, nesse momento, a representação mais acabada da felicidade. Enquanto ensaiava várias formas de desculpa, o mestre-de-cerimônias esticou um braço para a frente para abrir caminho, e Bouthemy, um pouco atrasado, sussurrou umas palavras no ouvido de Klossowski. Não pude ouvir quais, mas de repente a outra orelha de Klossowski se agigantou diante de mim como em um primeiro plano de filme experimental, e descobri com um antigo horror a mata de rígidos pêlos brancos que brotava em desordem do orifício. Voltei à carga, mas desta vez não falei Bouthemy e sim Christian, e a minha voz se tingiu de uma intimidade repugnante. Bouthemy me olhou, seus olhos de amnésico resvalaram sobre a minha cara. "Sou eu, sou eu!", exclamei. Então, distraído pela primeira vez das suas peripécias motoras, Klossowski entreabriu a boca com uma obnubilada curiosidade. Por um segundo tinha conseguido dificultar a retirada; contemplando-me como a um forasteiro, os fiéis, agora em silêncio, apontaram sobre mim suas canetas inimigas. "Christian, sou eu", falei, quase suplicando, e em seguida pronunciei o meu nome. Bouthemy sorriu (um leve arabesco na barba descuidada), sorriu como se compreendesse, e eu, como quem introduz a chave certa em uma fechadura que já recusou milhares de outras, citei de viva voz o título do meu romance. Então Bouthemy soltou uma gargalhada e o mestre-de-cerimônias, farto de dilações, perguntou a ele em tom imperativo *se conhecia esse corcunda*. "É a primeira vez na minha vida que o vejo: quer se fazer passar por um autor da minha editora", disse Bouthemy, e seus olhos saborearam essa estranha coincidência; depois, virando-se para Klossowski, que me olhava absorto, enquanto retomavam a marcha e se distanciavam, acrescentou: "A propósito: seria possível contar com um dos seus desenhos para a capa de um livro?".

# VII

Esse foi um final. O outro, que ganhou vida, e resplandeceu, e me inundou de voluptuosidade durante um instante de encantamento, foi concebido horas mais tarde em um transe de rancorosa melancolia, quando vagabundeava como um sonâmbulo pelas ruas de um bairro desconhecido. Esse sonho não alterava o desenvolvimento fatídico dos fatos nem corrigia minha humilhação, mas acrescentava um epílogo no qual alguém, fazendo sua a minha causa, vingava a minha afronta para sempre. O cenário era o mesmo, o Salon des Événements; só que o vermelho dos cortinados e o roxo dos tapetes tinham adquirido a ênfase vulgar de uma decoração de teatro de marionetes, como se profetizassem o desenlace que se aproximava. Os sinais que davam sustentação a este epílogo eram o final da última frase de Bouthemy, a expressão atônita de Klossowski, o empenho que o mestre-de-cerimônias fazia em se afastar de mim, os ronroneios de admiração com que os fiéis, a sós outra vez com o seu ídolo, cortejavam sua partida. Então, com esse entusiasmo um pouco desproporcional com que um ator do elenco volta à cena, no final da obra, para arrancar seu nome do esquecimento dos espectadores, La Bachelarde, irrompendo entre os cortinados, fazia sua entrada triunfal e fechava-lhes o caminho. Um momento de estupor, e todos ficam paralisados. Há um passo que não termina de dar, uma palavra que se congela, pronunciada pela metade, entre dois lábios, enquanto uma claridade lunar banha o consternado grupo de marionetes. É possível que alguém pense que se trata de outro impostor (talvez o mestre-de-cerimônias), dos estertores de um espetáculo organizado nos corredores no Salon du Livre (a jovem devota que ainda não conseguiu o autógrafo de Klossowski no seu exemplar de *Le souffleur*), de uma alucinação senil (Klossowski, no intervalo de duas vertigens). Não importa. O que importa é esse tempo coagulado em que todas as suspeitas caem, lentas como flocos de neve, sobre os personagens. La Bachelarde (um zenital vermelho o segue, de maneira que parece feito da mesma matéria sanguinolenta do tapete ou da cortina) desafia o trio que encabeça o grupo, ignora Bouthemy com olímpica indiferença, o mestre-de-cerimônias, e desembainha um longo punhal cujo reflexo brilha nas suas pupilas. No punho da mão assassina (com que escrúpulo o ressentimento toma cuidado para não deixar nada pendente!), duas pernas enfiadas em meias rendadas traçam o ângulo reto das nove da noite. Klossowski começa a se encurvar para a frente, como se uma náusea o convulsionasse, e olha para os lados com olhos ávidos. Mas Roberte não chegará (está doente, prostrada na cama há meses, e não é absurdo supor que a empregada portuguesa tem algo a ver com o caso), ninguém chegará para impedir que La Bachelarde crave a ponta do punhal entre o seu peito de papel e enfie no seu coração a lâmina inteira, até a empunhadura.

Colocar um pé na frente do outro, caminhar é isso? E viver, é simplesmente o resultado feliz de um exercício respiratório, inalar, expirar, o mínimo de ar necessário para que o sangue continue circulando pelo corpo? Para o morto-vivo que eu era, a noite se apresentava como um adiamento. A essa hora, muito distante de mim, mais e mais distante a cada segundo, Tellas gozava entre dois bocejos de incredulidade o fato de ter sobrevivido a uma nova decolagem de avião. Encolhida contra a janelinha, evitava olhar, quando os seus olhos se abriam, para a escura ameaça da asa. (Não precisava ver faíscas para temer; a existência conjunta de tanta matéria metálica era o suficiente.) A transição até o sonho era o seu momento predileto para pensar, o mais disponível e ao mesmo tempo o mais hermético. Pensava tanto, e em tão pouco tempo, que ao contemplá-la sempre me parecia que o sonho a abatia mais por essa densidade de pensamento do que pelo cansaço. Quantas vezes eu quis penetrar essa esfera nebulosa em que ela viajava e não pude! Quantas vezes a interroguei, ao despertar, sobre esses clarões que a tinham ocupado antes de dormir, e só recebi como resposta um sorriso surpreso, o arco da sua boca delineado entre as marcas que o travesseiro tinha deixado no seu rosto! Por que não estava ao lado dela, vigiando o abandono do seu corpo e suportando sem me queixar a pressão dos seus cotovelos, dos seus calcanhares, o delicioso incômodo que me infligia cada vez que se entregava à sua posição favorita? Levantei os olhos; alguma coisa – uma espécie de brasa – ardeu fugazmente e se apagou nos meus canais lacrimais. Deixei-os suspensos em uma faixa de céu opaco que se abria entre as copas das árvores e os contornos das últimas cúpulas, inertes nessa estúpida fixação que sempre têm os olhares dos amantes que sofrem. Não acreditava que alguma coisa fosse aparecer no céu; só acreditava na tranqüilidade esperançosa dos meus olhos. Mas não aconteceu nada, só um ligeiro estremecimento nos galhos, algum remoto relâmpago que se extinguiu como um fogo de artifício, e nesse momento Tellas fechou os olhos, e os seus membros se agitaram sob o cobertor de algodão, e outro tesouro de pensamentos se perdeu para sempre na luva negra do sonho.

    Voltei a mim, andava pelo meio da rua. Da calçada, duas fileiras de prostitutas multiplicavam nas minhas costas os açoites das suas ofertas obcenas. Fugindo do controle da sua dona, um pequeníssimo cachorro branco, manco e recém-saído do cabeleireiro, veio farejar os meus tornozelos. Deu, decepcionado, uns saltos desiguais de sapo perto de mim, e voltou latindo à soleira de onde o chamava uma voz entristecida. Só então, guiado pelo ziguezague da sua saída, me atrevi a olhar essas fileiras de mulheres. Além de aliviar-lhes a roupa (tinha passado a estação dos visons e das raposas sintéticas), os dois primeiros dias de uma primavera benigna as tinha convencido a arquivar o tom confidencial das suas propostas, e a substituí-lo por uma desinteressada estridência. Eram jovens, velhas, bonitas e horrorosas, magras como alfinetes e obesas até o inconcebível, e todas ocupavam sem protestar o lugar que lhes cabia nesse cuidadoso mostruário de protótipos. "Não tenho dinheiro", eu repetia, quase me desculpando, enquanto abaixava a cabeça e continuava andando, e as tarifas, barateando então de modo instantâneo, se entrelaçavam no meu passo e descarregavam nas minhas costas uma chuva de cifras e serviços irrisórios. Era verdade: não me restava muito dinheiro. Mas por outro lado contemplava os peitos comprimidos por sutiãs de couro, as nádegas que transbordavam os elásticos das calcinhas de renda, o desfile de pernas nuas, de unhas roídas, de perucas, e uma frieza de séculos borrifava o deserto do meu corpo. A rua era comprida, nada me assegurava que ao dobrar a esquina o espetáculo fosse diferente, de maneira que suspendi as desculpas e andei mais depressa. Por um estranho efeito em cadeia, as ofertas sexuais que tinham acompanhado o início do meu perambular se convertiam agora em murmúrios mordazes, em desafios, em dardos de ironia, e uma rajada de risadas começava a se levantar da frente das casas. Em menos de uma quadra, à medida que a minha indiferença se encarniçava, eu tinha sido, sucessivamente, um turista apetecível, um hamster de exóticos programas carnais, finalmente um escravo: agora, à luz da nuvem de sarcasmo que ia me envolvendo, eu tinha me convertido em um solitário exemplar de feira, um Toulouse-Lautrec sem algaravia nem romantismo, tão desesperado em dissimular a indignidade da sua aberração que acabou transformando-a em motivo de gozação. Logo (soube pela evolução acanalhada das risadas, pelos dois ou três insultos que me atrevi a entender, pela pocinha fétida que uma mulher, arregaçando uma saia transparente, fez deslizar entre os meus sapatos) seria um assassino, um policial disfarçado, qualquer dessas criaturas indesejáveis que os jornais costumam encontrar, espancadas até a agonia, em um terreno baldio perto do território em que nunca deveriam ter se aventurado. Acredito que já estava correndo quando ouvi, seguindo-me de perto, um barulho de saltos que reproduzia o ritmo da minha fuga, uma voz suave, quase amedrontada, que me chamava entre arquejos. *Monsieur... Monsieur...* Não me virei imediatamente; tudo fazia pensar que semelhante tratamento de respeito, nessa situação, não era nada mais que um ardil para me deter, o anzol que me entregaria a alguma forma expedita de justiça popular. Mas a voz insistiu, e se fez tão suplicante que por um momento pensei que era alguém que tentava fugir comigo, alguém que havia passado pelo mesmo que eu e que procurava unir seu desespero, suas forças às minhas. Então me virei, e sem deixar de correr, apavorado com as silhuetas hostis que acabava de distinguir cerrando fileiras dez, quinze metros mais adiante, vi a mancha branca de uma cara fora de foco, uma cara jovem, muito pálida e pintada pela metade, e recebi quase no nariz o hálito cálido do seu último *Monsieur*. Essa inexplicável golfada de doçura me paralisou. Parei tão bruscamente que nos atropelamos. Houve um tilintar de coisas que rolavam pelo chão, e que eu confundi com o som que o choque tinha produzido nos nossos órgãos. No pavimento jaziam esparramados os membros de uma família de cosméticos, e um pequeno pote de ruge que girava, único sobrevivente da tragédia, entre os cadáveres dos seus irmãos. Agachei para recolhê-los. Quando voltei a me levantar, percebi que a mulher tinha que fazer um esforço enorme para desviar seus olhos da base da minha nuca e olhar para mim. Era jovem, de traços totalmente anódinos, mas uma mata de cabelo preto cavava um ve na testa pálida. *Venez*, me disse, e se limitou a entreabir as bordas de uma bolsa de vinil de onde os cosméticos caíram em cascata. Não tive tempo de dizer não; mal pude comprovar, com o canto assustado dos olhos, que na outra extremidade da rua tinham bloqueado a saída. *Venez*, repetiu, e me afastou da linha de fogo com determinação, me arrastando escada abaixo.

Vivia, trabalhava, naquele porão cheio de rangidos, de paredes irregulares e tetos forrados de umidade. Misturado com os restos ásperos de um perfume flutuava no ar um aroma de comida queimada, o prato que se coloca para cozinhar quase às cegas depois de um despertar tardio, e que arde e se consome de despeito enquanto sua cozinheira volta a dormir. Dois painéis fixos de vidro, suficientemente altos para se desistir de limpá-los, manchavam uma calçada atravessada por sombras regulares: barrigas-da-perna, sapatos de plataforma, o cachorro manco à procura de seu ladrilho costumeiro. A terceira janela dava para um pátio interno, onde reconheci o esqueleto de uma poltrona e um pequeno exército de latas de lixo. Lá fora, as ameaças iam se diluindo em um rumor de conversas sindicais. Assim que a mulher fechou a porta (acrescentou as duas travas de segurança quando leu meus olhos assustados) me senti a salvo. Havia alguma coisa confortável, uma intimidade miseravelmente recuperada no cheiro da comida, no cobertor turquesa que recobria a cama recém-feita, nesse jardim descascado que empapelava as paredes. Me sentei na ponta do colchão enquanto ela esvaziava sua bolsa e avaliava os danos sofridos pelo seu estojo de amostras grátis. Tinha tirado os sapatos; uma meia apertava sua perna por cima do joelho; a outra, de um cinza mais pálido, tinha sofrido a deserção do elástico e caía frouxa abaixo da sua barriga da perna. Suas pernas finas desenhavam um lânguido xis de adolescente. "Quer que me pinte?", me perguntou sem se virar. "Não tenho dinheiro", falei, e repetida na privacidade desse pobre quarto, a frase soou como o refém rudimentar que o viajante pega de um idioma desconhecido e que usa, até gastá-lo, em qualquer situação incômoda. Esticou um braço e aumentou o volume do rádio. Depois se sentou ao meu lado e me acariciou os ombros longamente, sem intenção, com uma suavidade tão distraída que me pareceu um engano, até que sua mão, corrigindo-se, roçou distraidamente minha nuca e se deteve na base do esporão. Era seu último destino: me dei conta quando reconheci o brilho que começava a palpitar nas suas pupilas. "Dói?", me perguntou enquanto apertava o osso com o polegar e o indicador, como que medindo-o. "Não", eu falei, "não sinto nada." (E me lembrei da sensação que costumava me dar a ponta de um instrumento odontológico assanhado com uma gengiva que a anestesia tinha adormecido: a gengiva era minha, a sensação era alheia.) Arranhou-o de cima a baixo com as unhas. "E agora?" Vi os dentes de um garfo marcando sulcos sobre um oleado: isso foi tudo. "Nada", disse. Beliscou a pele, apertou-o pelo meio, friccionou delicadamente a ponta arredondada. "Nada", disse, "é inútil." Então, com a delicadeza com que se move o corpo de um acidentado, a mulher tirou a minha camisa e me deitou de barriga para baixo sobre a cama. Fiquei de frente para as grades de ferro do pé da cama, onde ela me obrigou a me segurar, enquanto seu corpo girava em cima do meu, os pés mantendo o equilíbrio no colchão em ruínas, até se pôr de frente para o encosto da cama. Lá fora, a luz de um apartamento mais alto jogou um pouco de claridade sobre o pátio, o braço sem carne da poltrona resplandeceu, três ou quatro plantas moribundas perfilaram-se contra a parede do fundo. Foram apenas alguns segundos. A luz se apagou, e uma conjunção de sombras devorou a imagem sórdida desses testemunhos. Então, convertido em espelho, o vidro da janela me restituiu às costas da mulher, a saia recolhida pelas beiradas com a ponta dos seus dedos, as pernas dobrando-se, abertas, em uma estranha reverência de bailarina, a trêmula descida que suas nádegas empreendiam na altura dos meus ombros. A vi inclinar-se sobre mim (uma nave surpreendida em plena aterrissagem vertical) e conter a respiração e deter-se no ponto exato em que o umbral de sua vulva encostava na extremidade do arpão. Depois, como se finalmente ecoasse a ordem que lhe transmitiam os seus estremecimentos, a mulher, exalando um longo suspiro, sentou-se sobre mim com uma lentidão exasperante e plena, enfiando-se no osso até o fundo, até que a pele fria das suas nádegas descansou sobre as minhas costas. Permaneceu imóvel por uns instantes, concentrada em uma espécie de rígida encubação, e em seguida, dando um impulso com as pernas, iniciou uma rápida subida que votou a suspendê-la na crista do fóssil. Era fácil imaginar a sucessão de subidas e descidas que sobreviria à essa espera enfeitiçada. Agarrado às grades da cama, prestei atenção, talvez porque uma interferência acabava de interrompê-la, a música que o rádio difundia; em seguida, quase por contágio, me entreteve a percussão de passos que se infiltrava pelas janelas, uma discussão na calçada, um afônico latido. A mulher acometia uma segunda descida, desta vez um pouco mais rápida e lubrificada, agora, pelos sucos que começavam a untar o esporão, quando as grades falsas da cama abriram-se diante dos meus olhos e o pátio interno, esse sórdido aquário de água evaporada, se dissolveu em um espaço amplo e luminoso. Era o apartamento de Saint-Nazaire. Tellas, recém-saída do banho, fumava perto da sacada. Eu (alguém com a minha cara e os meus gestos, alguém que era muito mais jovem que eu) estava sentado no chão com o pé da poltrona servindo de encosto, um livro aberto e abandonado entre as coxas. Com uma lentidão de inventário, abafando sua voz para preservar a pureza do mundo, Tellas enumerava uma meia dúzia de fontes sonoras simultâneas, o prodigioso produto de uma tarde inspirada. A televisão, a geladeira, a vibração com que a ponte levadiça contagiava os vidros das janelas, o rumor quase geológico das tubulações... Me dei conta de que eu tinha esquecido as duas últimas, as que os meus ouvidos não tinham distinguido e as que discuti, com uma estupidez obstinada, atribuindo-as à invenção de Tellas, como costumava fazer sempre que o resultado do jogo me era desfavorável: quer dizer, sempre. Tratei de lembrar delas. O elevador? Uma buzina longínqua? Os motores de um barco que ainda não era visível da janela? A mulher cavalgava sobre o esporão. Sacudia a cabeça de um lado para outro, e suas longas mechas de cabelo preto martirizavam como chicotes suas omoplatas. O rádio, pensei. Mas não havia rádio em Saint-Nazaire; só um gravador indolente que esporadicamente (não essa tarde) alimentávamos com música comprada em bancas de ofertas. Uma torneira, o gotejar de uma torneira que sempre fechávamos mal e que depois, durante a noite, deslizava em nossos sonhos e nos acordava, e nos obrigava, ao fim de uma breve discussão destinada a identificar o responsável pelo deslize, a nos levantarmos e a andar descalços pela casa até silenciá-la. Mas não era a torneira, nem a caldeira, que acendia periodicamente com explosões sufocadas, nem o chão do apartamento de cima onde alguém, entre gemidos, arrastava primeiro seus pés e em seguida seus móveis, nem a mulher desconhecida que escalava aos gritos a ladeira do seu desenfreio. Então ouvi o choque frenético das nádegas da mulher contra as minhas costas, ouvi o ronco que sua garganta desumana deixava escapar à medida que o arpão sondava, abrindo-as, suas vísceras, e os passos na calçada, o gotejar da torneira, o rádio, a caldeira, todos os sons que me rodeavam, e que eu reconhecia com uma ensolarada nitidez, entrelaçaram-se no corpo da empalada, como que atraídos pela força da gravidade do seu suplício. Escutei-os pela primeira vez, como se até esse momento tivessem vivido uma existência muda e um acontecimento brutal acabasse por despertá-los. Só eu podia percebê-los assim, orquestrados em um mesmo ponto do tempo e do espaço, e ao mesmo tempo esfacelados em camadas, em distâncias, em intensidades. Só eu teria podido enumerar esse inventário secreto; eu, que tinha sido desterrado para sempre da nublada luminosidade daquela tarde em Saint-Nazaire, eu, que contemplava a esse homem jovem, sentado no chão, com um livro esquecido entre as coxas, como quem se compara com o retrato de um morto. A mulher gritou, seu uivo de besta reduziu a pó todos os sons do mundo. Soube então quão mais estranha é a juventude que a ficção, e que o filho que velava insone dentro de sua mãe adormecida havia encontrado finalmente a seu pai.

*Buenos Aires*
*julho 1992 / maio 1993*

Impresso na Prol editora gráfica ltda.
03043 Rua Martim Burchard, 246
Brás - São Paulo - SP
Fone: (011) 270-4388 (PABX)
com filmes fornecidos pelo Editor.